星野

Stars and Fields

奶黄菠萝包 著

长江出版社
CHANGJIANGPRESS

图书在版编目（CIP）数据

星野 / 奶黄菠萝包著 . —武汉：长江出版社，
2022.1

ISBN 978-7-5492-8082-7

Ⅰ．①星… Ⅱ．①奶… Ⅲ．①长篇小说－中国－当代
Ⅳ．① I247.5

中国版本图书馆 CIP 数据核字（2021）第 244296 号

星野 / 奶黄菠萝包 著

出　　版　长江出版社
　　　　　　（武汉市解放大道 1863 号）
选题策划　小　米
市场发行　长江出版社发行部
网　　址　http://www.cjpress.com.cn
责任编辑　陈　辉
特约编辑　连　慧
印　　刷　河北照利印刷有限公司
版　　次　2022 年 1 月第 1 版
印　　次　2022 年 1 月第 1 次印刷
开　　本　880mm×1230mm　1/32
印　　张　8.5
字　　数　165 千字
书　　号　ISBN 978-7-5492-8082-7
定　　价　39.80元

希望明年今天的夕阳和今天的一样漂亮。

目 录
contents

于星衍，生日快乐。

二十六岁生日，

我希望你健康、快乐，

也希望你永远自由，永远明亮。

少年游

1

嘉城八月的晨光洒入卧室，透过米色的纱帘，在木质地板上碎成一地光斑。

许原野关掉闹钟，从床上坐起来。

他刚搬回嘉城新苑一个星期，只给主卧的床换了一套被子，用他带过来的书填满了书房，其余的装修都还保持着十年前的模样。

欧式田园风的装修精致又轻快，使得这套三居室里到处都充斥着甜美的气息，显然这些都是许原野母亲原颜女士的手笔。

嘉城新苑是嘉城的老牌小区，虽然现在看起来设施有些老旧，但是胜在社区服务完善，地段也好，旁边就是嘉城最好的中学——六中，所以房价一年比一年高。

许原野十八岁的时候这套房子就被过户到他的名下，而原户主——他的母亲原颜女士，早就一拍屁股移民去了国外。这些年这套房子一直空着，除了定期清洁也没有人住过。

许原野起床后，去厨房煮了一碗鸡汤馄饨，把今天要读的书拿出来放好，开始吃早餐。

虽然许原野刚刚大学毕业，但他是朋友圈里出了名的养生派，晚上十二点之前睡觉，早上八点起床，轻易不会更改。

鸡汤馄饨里的小馄饨是许原野在楼下超市里买的，鸡汤则是用他昨天煲汤剩下的一点料子，端出锅的时候馄饨浮在金黄的鸡汤里，上面还细细撒了一把小葱，看起来十分诱人。

南川省有煲汤的习惯，本地人几乎没有不懂煲汤的，许原野小时候对母亲原颜最深的印象就是她端着煲好的汤叫他来喝的样子，那也是他童年里为数不多的温情。

嘉城八月的天气炎热。

空调主机的嗡嗡声和窗外老年太极的音乐传入屋里，即使被玻璃门阻隔了些许，但依旧有些喧闹。艳阳此刻挂在天边，晒得楼下的石子路都泛起了金光，一层又一层地荡漾开来。

六中的高三已经开学一个月了，今天好像是新生报到的日子，到处都是提着行李箱的小孩，嘉城新苑的住客又要换上一批。

早晨的光景总是那样鲜活，叫人看了也不由自主地精神起来。

许原野吃完早餐，把书拿上，躺在沙发上悠闲地看着。

他的新书是以末世废土为背景，目前大纲和细纲都打好了，存稿写了三万，离他准备的三十万字还有一大段距离。

但是许原野并不着急，他还是打算把这些前期资料看一遍，慢慢写好了。

许原野的人生和很多人并无不同。出生，长大，经历一些挫折，奔赴高考考场，然后离开生活许多年的城市，到一个很远的地方上大学。

许原野的老家宜城是一个很美的城市，它亲切、友好且包容，人们总是慢悠悠地打着蒲扇在巷口乘凉。许原野小时候一个人住在南川江畔的大别墅里，有一个对他很好的老管家和总是抱着他一起听戏的阿婆。

华国日新月异地发展着，这座老城也不可避免地被时代的浪潮席卷着前进，在这样急切的步伐中，许原野飞快地长大了。

从宜城到嘉城上学，许原野告别了自己的童年，告别了南川江畔的老树和长椅，和那栋有些老旧、爬满青苔的别墅。

在那个手机刚刚开始智能化的时代，许家整个家族都迁到了嘉城。

十年后的今天，许家已经站在嘉城的上层，如同一棵茁壮茂盛的大树一般。

早晨的阳光晒在沙发上，空调的凉气不断地吐出，舒服得恰到好处。

他眯着眼，偶尔拿起笔在书上写下一句注释，翻阅的速度不快不慢，时间便在书页窸窣的翻动声中溜过。

十一点半，今天的第一通电话打进了许原野的手机。

许原野把笔当作书签夹在书里，拿起手机看了一眼，然后接通了电话。

是他的发小李颐。

许原野开的外放，把电话放在腿上，隔了老远还是被李颐浮夸的咏叹调式发言弄得一个激灵。

"野哥！大消息！大消息！"

许原野没说话，嫌弃地把手机又拿远了一点，重新翻开手中的书。

许是习惯了许原野的爱搭不理，李颐自顾自地说："你猜猜看，是什么惊天大消息。"

许原野眼都不眨一下地回答："苏意难。"

虽然他从北城大学毕业回到嘉城才两个月，但是也对嘉城这些新兴的家族和目前风头正盛的人略知一二。

主要是李颐天天在他耳边叨叨，想不记得都难。

苏意难是苏家的小少爷，虽然是"小少爷"，但实际上比许原野还要大个四五岁，搞艺术的。许原野在没有和许家闹掰之前和他见过一面。

"没错，就是他！听说苏家老爷子气得仰倒，还在家骂了你几句，说你发展歪风邪气，笑死老子了！"

"谢谢他老人家的夸奖。"签字笔在许原野的指尖转动，过了一会儿，又翻过一页。

"野哥，你室友找到了吗？要不然让这个苏意难来和你一起住啊，落难兄弟，苦难里的小草啊。"

"找到了，不劳您费心了。"许原野说完看了眼时间。

快十二点了，他们约的下午两点签合同。

"野哥，你说你，居然千金一掷就买别墅去了，唉，有钱真好，任性。"

"但是你买了又不住，图啥呢？这就是强者的快乐吗？"

许原野轻哼一声，明显是就此打住的意思。

李颐听到他漫不经心的轻哼，果然没有继续说下去，很有眼力见儿地问道："那野哥，你新居要不要我送点啥过去啊？庆祝你乔迁之喜啊，或者约上大肥和韭菜他们在你那打个边炉？"

"你们少在外面传我的风言风语就是对我最大的帮助。租客下午就要来签合同了，我这边就算了，找个时间去你们那吃吧。"许原野一点都不想让这几个损友知道自己现在住在哪里。

他和许家闹掰这件事情已经过去了半个月，但是"许原野"这个名字依旧是嘉城的头条新闻。也许现在不是了，苏意难可能把他踹了下去。

许原野刚从北城大学毕业回来，在许家的联排别墅里只住了不到一个月，就主动收拾东西离开了。

许家如今的掌舵人，是他的父亲许蒋山，高二以前一直都对许原野十分满意，想要把他往接班人方向培养，可惜他从高二开始就信马由缰，再没让许蒋山感受到一点快乐。

许原野高二的时候文理分科，许蒋山一直理所当然地以为他会选理科，可惜许原野瞒着他直接选了文科。

从那时候开始他们就连虚假的父慈子孝都没了。

但许原野成绩好，高考那年考了南川省的文科前十，也是让许蒋山风光了一把，好不容易想放下面子去求和，许原野转头又填了个汉语言文学专业，把想让他报金融管理，再不济学个法律也行的许蒋山再次气得四仰八叉。

许原野去了与嘉城隔了大半个华国的北城，四年内只有过年会回一趟嘉城，其他时候都是"此人不在线"的状态。

许蒋山想断他生活费，也没什么影响，许原野早就经济独立了。

高中的时候，许原野用笔名"在野"写了第一本小说，发布在终途中文网上，结果这本连载了三年的小说直接把他送上了神坛。

到今天，他用这个笔名完成了两部长篇小说，不仅线上收入常年霸占榜单第一，还卖出了天价版权。

李颐几个至今还靠家里养活的米虫常常感叹，如果混不下去了就来找许原野蹭口饭吃。

但是就连几个发小也不知道，如今很多人关注的新锐公众号"无名火种"也是许原野和几个网友在大学闲暇时弄的，起初这个公众号只是发发时事评论和随笔，没想到后面乘着新媒体的东风火了。

厉从行，也就是如今公众号的主要运营人，大学毕业就直接创建了工作室经营这个公众号，现在也是做得有声有色，手下有十几号坐班的小编辑和美工。

至于办公地点，就在嘉城中央商务区九湖湾畔的别墅里。

办公地点的提供者，自然是许原野。

几个人刚创建工作室的时候大家钱都不多，厉从行几个又不肯白要许原野的钱，嘉城寸土寸金，租个办公室不容易，许原野就找小叔许蒋川借了这套别墅给他们暂用。

但是他们刚在里面办公了一年，就因为许原野和家里闹掰待不下去了。

小叔许蒋川算是许家和许原野关系最好的人，他名下房子多，自然是无所谓这套别墅要不要继续借，但是许蒋山已经气得要和许原野决裂，勒令他不许再伸手帮许原野。

许原野知道以后，也懒得让工作室的人再折腾，直接把这套天价别墅买了下来。

这也是许原野为什么如今囊中羞涩，要搬来嘉城新苑住的原因。

他已经有一年没写新书了，如今只靠着两本旧作的线上收入吃饭，习惯存钱的他肯定不会再动这些固定收入了。

许原野路过中介店铺的时候，看到嘉城新苑的租价，三居室能租出八千块。不得不说，当年原颜女士买房子的时候也是很有眼光的，知道嘉城除了九湖湾外哪里的房子最值钱。

于是他上网发布了合租信息，说自己是二房东，很快就有人找来。

六中也是马上就要新生入学了，嘉城新苑的房子自然紧俏，这个时候想租房的都是抱着捡漏的心态，价格都没商量，二话不说就要来签合同。

通了电话，那边的声音听起来二十多岁，男音，说话逻辑条理清晰，也很有礼貌，许原野和他聊了一会儿，觉得基本过关。

一个月还能收四千租金，和路上白捡四千块一样，许原野没什么大少爷的架子，非常满意。

他们约的下午两点，许原野和李颐打完这通电话，准备去做个简餐，收拾一下屋子。

谁知道，他刚起身，第二通电话就打了过来。

许原野扫了一眼，脸上浮出一丝意外的神色，但还是接了起来。

"喂……哥？"

许原景的声音在听筒里小小的，像是很紧张的样子，背景音是学校的下课铃声。

"嗯，什么事？"

"那个，我今天下午有半天假，你不是在嘉城新苑吗……能不能出来吃个饭啊？我想给你看看我的作文……"

许原野有些好笑，听着少年斟酌着措辞，都能想象到许原景纠结的样子。

他这个同父异母的弟弟在六中读高三，估计是被许蒋山下了通牒不许和自己联系，但是没忍住。

"你害怕什么？我是和许蒋山断绝关系又不是和你，想吃什么自己定，把时间地点发给我。"

"欸，哥，好！那我就不打扰你了，拜拜！"

听到许原野肯定的答复，许原景开心地说了再见，迅速把电话挂掉了。

现在的六中无比热闹。

新生报到日，到处都是陪着小孩来办手续的家长，孩子们撒着欢地在学校里四处跑，只有高三的教学楼还安静一些。

许原景成绩很好，在六中的重点班读书，从小把自己的大哥当成偶像崇拜——毕竟当年许原野在六中读书时也是很出名的学生。

少年一直觉得许原野这种说一不二，想干什么就干什么的做派很酷，嘴上应付着许蒋山的警告，心早就飞到许原野那儿去了，甚至还有点埋怨许蒋山害得自己不能亲近自己的哥哥。

"阿景，你哥答应和你一起吃饭了？"

看到年级里的风云人物，无数女生心中的男神露出这种忐忑又开心的表情，蒋寒有些不敢相信，而原因居然是要和自己的哥哥吃一顿饭。

"嗯，我去把我的作文拿上。"

许原景开心地把整理好的作文纸放进书包里，心里很是轻快。

"就听你说你哥有多厉害了，真想见见啊……"蒋寒把手臂背在脑后，"不过我今天要和女神去吃饭，嘿嘿！"

他跟着许原景走出班，瞥到角落里埋头学习的女生，小声地凑在许原景耳边说道："班花正生闷气呢！"

1班是重组班级，根据高二的一整年的学习成绩重新分的重点班，之前年级里有名的女学生洛楠也分到了这个班，这一个月补课，几次想约许原景都没成功。

许原景虽然在年级里很低调，但是那张帅脸和传闻里的家境还是让他备受瞩目。

男生完全没把蒋寒的调侃听进去。他根本没费心洛楠是哪号人物，一心想着约在哪里和许原野吃饭比较好，走得飞快。

校道上，抱着被子和新校服的新生叽叽喳喳地在聊天，许原景和蒋寒特意从高三教学楼后面出去，这里是学校的小花园，相对僻静一些。

但还是有迷路或者乱逛的新生和家长在徘徊。

走出去没有几米，就遇到一对。

一个穿着西装，身姿挺拔，看起来也挺年轻的男人提着大号的白色行李箱，后面跟了个穿着白色卫衣、牛仔裤和一双椰子鞋的少年。

男人看见他们俩，露出一个礼貌的微笑，问道："两位同学你们好，请问校服是在哪里买啊？"

许原景没说话，蒋寒把枕在后脑的手臂分了一只出来给他们指路。

"喏，一直往前走，有一个大堂，上去就是了。"

"谢谢两位同学。"男人笑眯眯道。

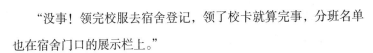

"没事！领完校服去宿舍登记，领了校卡就算完事，分班名单也在宿舍门口的展示栏上。"

蒋寒向来好人做到底。

男人扯了一把后面的白卫衣男生，男生憋出一句"谢谢学长"，兴致不太高的样子。

蒋寒、许原景和他们擦肩而过，渐渐走远。

那个身穿西装的男人正心力交瘁地哄着那个穿着白色卫衣的男生。

"我说我的大少爷，我的祖宗呀，实在是找不到整房了，合租也没什么不好的，你去看了再说，行不行？"

于星衍小脸气得鼓鼓的，直瘪嘴。

"万一是个坏人怎么办，那我还不如住宿舍。"

"那是您老人家离家出走得太突然了一点，这么几天的工夫让我怎么给你找房子，就知道折腾我。"周叶，也是于星衍的舅舅，一位忙碌的职场精英，此时被这个小祖宗折腾得想要撞墙。

于星衍也知道自己理亏，但是气势上还是不能输，板着小脸不说话。一想到那个女人和她的拖油瓶，于星衍心里就不爽极了，他轻哼了一声，亦步亦趋地跟着周叶往前走。

行李箱的轮子在凹凸不平的六边形砖块上碾过，把小少爷心里也碾得到处都是印子。

一个字，烦。

"走快点，衍衍，和人家约的两点！到时候还要解释是你住的问题，你也给我态度好一点！"

于星衍顺风顺水的人生在上个星期，后妈带着没有血缘的弟弟找上了家门以后便每况愈下。

从那天开始，于星衍就觉得自己哪都不顺。

租个房子也不顺。

舅甥俩在学校办完手续又去吃了饭，一路紧赶慢赶，才在两点前到了嘉城新苑 A 区 3 栋的楼下。

周叶甩了甩自己酸痛的手，没好气地对这个就知道折腾人的外甥说道："自己提箱子，懂事点！人家看了才会不好意思开口拒绝，知道吗？"

"等下我来和他说，你就在旁边乖巧微笑，过年和我要红包的时候怎么笑你等下就怎么笑，希望人家看在你这乖巧的样子上大度一点……"

于星衍拉过自己的箱子，虽然明知道里面的东西都是自己装进去的，但还是忍不住在心里抱怨这箱子重得和秤砣一样。

嘉城新苑是老小区了，电梯楼最高也只有十二层，这户在五楼。

于星衍努力把自己心中的不爽和烦躁全都压下去，就着电梯里广告栏的反光挤了几个笑容出来，调整好状态。

五楼到了。

"走前面，门牌号 503，按门铃去。"

周叶不顾于星衍的尴尬和抗拒，硬是把他推到了门前。

"要和人一起住呢，这个时候你就别扭捏了行不行？要不然我们下楼直接把你送回家去。"

"我按就我按。"

一心想着离家出走的于星衍绝对不可能让周叶再把自己给送回去，他心一横，抬手按响了门铃。

门内。

许原野已经搞完了卫生，把茶水泡好，收到了租房室友到楼下的消息以后，就提前在门口等着。

他穿了一件黑色短袖，深色的窄脚牛仔裤，脚上一双条纹棉拖，很休闲的装扮。

但是依然遮掩不住他身上那股自然流露的学者气质，斯文又沉稳。

听到门铃声响，许原野把手压下又抬起，"咔嗒"一声，门开了。

许原野内心构想过租客的形象，大概是个二十四五岁的职场人士，他已经准备好看见一位打扮得和房屋中介一样的男性了。

谁知道，门口站了个小孩。

六中的校服。

男孩和他目光相遇，不自然地撇了一下嘴。

很漂亮的长相，圆圆的杏仁眼，白皙的脸，鼻子挺而精致，唇形很可爱，有一颗肉嘟嘟的唇珠。

男孩旁边是一个大号的白色行李箱，和他瘦弱的小身板对比明显，这样往门口一站，让他看起来像某种可怜又无家可归的小动物。

走错门了吧？

许原野沉默了好几秒，见男孩目光闪躲没有说话的意思，啪的一声关上了门。

被门甩了一脸的于星衍站在门口，蒙了。

男孩的眼睛瞪得圆圆的，满脸都写着不可置信。

等等？什么玩意儿？

他好像还没说话呢吧！

直到坐在客厅的沙发上，于星衍都还没有缓过神来。

他长这么大，还没有被人当着面甩过门。

打开门以后，他还在想开场白呢，也就愣了那么可能五六秒……也许是七八秒？

那个门后看起来人模狗样的男人就把门关上了。

被门扇动的气流盖了一脸的于星衍退后一步，把舅舅从角落里扯出来，小脸一沉，全身上下都写着"老子不干了"，一股煞气直冲天花板。

周叶无奈地重新按响门铃，和许原野交谈一番，把于星衍给领了进去。

米色的布艺沙发上铺着小碎花毯子，许原野和周叶坐在长沙发上，于星衍则坐在转角的方形沙发上，兜里的手机一直在震，但是迫于周叶的威胁，他只能乖乖地摆出一副笑容，当个不会动的摆设。

整套房子的装修都是清新亮丽的田园风，小碎花和蕾丝的装点恰到好处。客厅的茶几是白色的，上面放了一只玻璃花瓶，里面插了一簇干花。

脚下的地毯毛茸茸的，踩上去很舒服，于星衍小幅度地观察着屋内的环境，觉得还挺好看的，就是和那个正在和周叶聊天的室友有些不搭。

这套房子是东南向，采光很好，午后窗明几净的客厅让人看了就心生好感。

于星衍对房子的环境基本满意。

至于合租室友……

于星衍耳边掠过男人们的交谈声，略高一点的声线属于周叶，而那个低沉的是室友的声音，两个人说话都不紧不慢的，于星衍并没有仔细去听他们在讲什么。

他的目光顺着男人拿着茶杯的手往上。

骨节分明的手，手指修长，手腕上戴了一块黑色的表，表盘的玻璃在阳光下反射出蓝紫色的微光。

男人穿着黑色的短袖，肩膀很宽，脖颈微微垂下，正把茶杯放到嘴边，轻抿了一口。

于星衍看着，有点发怵，总感觉室友身上有种说不出的气场，让人怪不舒服的。

　　与此同时，许原野听了一箩筐周叶的好言好语，思考了一会儿，最后还是决定把房子租给这对舅甥。

　　一是这男孩是六中的学生，生活交际都干净简单，不会有成年人社交带来的困扰；二是这位舅舅他以前好像在哪里见过，有点印象，大概知道是哪个圈子里的人，心里也还算放心。

　　再加上学生白天都在学校里上课，正好和他在家里写稿的时间错开。

　　他余光扫过那个坐在沙发上扮演吉祥物的小男孩，正好看见他在看茶几上的小猫水晶摆件，不知道想到了什么，抿出一个浅浅的笑，嘴角的小梨涡若隐若现。

　　许原野莫名想到在他面前总是乖乖的，一出去就自认老大的许原景。

　　都是小孩子，一眼就能看透。

　　周叶见他松动，心中那叫一个庆幸，赶紧趁热打铁，又猛地夸了于星衍一通，从这小孩惹人爱夸到这次入学考试考上了六中的重点班，夸得坐在一边的于星衍都不看小猫摆件了，尴尬得直抠毯子。

　　为了不让这舅舅把自己的外甥夸得夺门而逃，许原野很好心地拿出合同，和周叶正式签了租房合约。

　　周叶立刻把租金转给了许原野，还很上道地每个月多加了两千块，说小孩不懂事，要许原野偶尔照看一下。

"走吧，我带你去看看房间。"许原野也没推拒，站起来对着低头装死的小孩说道。

于星衍觉得自己像是菜市场里的大白菜一样，被他舅全方位地推销了一番，现在恨不得找个地洞钻进去，重新种回到泥土妈妈的怀抱里。

他讷讷地"嗯"了一声，跟在男人的后面。

周叶给了他一肘子，在他耳边小声说："懂不懂事，叫哥啊！"

于星衍在心里破口大骂，嘴上还是不情不愿地用蚊子般的音量说了声，"谢谢原野哥。"

八月午后的太阳炙热无比，把一切都晒得仿佛要融化了。

空调房里的凉意在接触到外界空气的那一刻黏在手上，叫人很不舒服。

于星衍和周叶签完合同以后花了大概半个小时看了房子，并且让于星衍和许原野加上微信，把大箱子留在了房间里。

高一新生的军训要持续七天，而军训的时候是强制住校的，所以正式搬进来还要等到七天后。

周叶帮于星衍定好房子，他觉得自己比开了一天的会还要累，男人站在楼下的树荫里，重重地叹了口气。

他的车还停在六中旁边，两个人要走回去，再把军训期间住的宿舍收拾好。

带小孩真的累，周叶无力地揉了揉肩膀，看到站在树荫底下还要用手遮着脸害怕被晒到的娇气包外甥，又气又无奈。

他姐姐在小孩很小的时候就意外过世了，于星衍他爸做生意又忙，于星衍初中的家长会基本是他去开的。

没办法，看着总是孤零零待在家里的外甥，到底还是心疼。

周叶俯身捏了把于星衍的脸蛋，权当出气了。

舅甥两人回到六中，又折腾了半天把于星衍宿舍里的床铺好，因为只住七天还都要穿统一发放的军训服，于星衍只留了睡衣和几件短袖在这里，东西不算多，还算好收拾。

周叶也是个忙人，能腾出一天来陪他报到已经是不容易了，在弄好床铺以后就走了，临走前絮絮叨叨像个老父亲一样吩咐了一堆东西。

小祖宗板起脸把周叶推出宿舍，"谢谢舅舅！"

周叶完成重任，心满意足地看着被自己弄岔毛的小外甥，麻溜走了。

2

周叶前脚刚走，后脚于星衍的哥们儿就来了。

王小川和叶铮是于星衍初中就玩得好的铁哥们儿，三个人一起考进了六中的重点班，但是这次却没赶巧分在一个宿舍里。

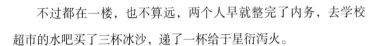

不过都在一楼，也不算远，两个人早就整完了内务，去学校超市的水吧买了三杯冰沙，递了一杯给于星衍泻火。

"唔，六中这水吧还挺不错的，我和川子刚刚去看了，两层楼的超市，啥都有！嘿嘿，川子忘带的袜子，居然也买到了。"

"对啊衍哥，我感觉六中住宿环境真的挺不错的，要不然你和我们一起住学校吧？"

王小川和叶铮坐在于星衍的床上，一胖一瘦，一唱一和。

于星衍吸溜两口哈密瓜味的冰沙，甜滋滋的。

"不要，不想住学校。"

六中宿舍是七人间，指不定有什么奇怪的人呢，他看网上投稿里的极品室友看得多了，心里很是抗拒。

"唉，行吧！"王小川有点失望地躺在了于星衍的床上。

"你给我起来！王大山，你全身都是汗！"有洁癖的于星衍看见王小川的动作瞬间炸毛，就算是好兄弟，也只能容忍他们坐在他的床上而已。

王小川听到于星衍喊叫的那一瞬间，一个鲤鱼打挺坐了起来，可惜身躯太过庞大，在于星衍和叶铮眼里看起来就像是分解动作。

"这是你的床啊，衍哥！"王小川知道于星衍有洁癖，看于星衍站那半天没反应，以为自己坐的根本不是他的床。

于星衍不好意思说自己刚刚被舅舅教育了不能耍脾气，所以在他们坐下的时候没出声。

"行了，你别站着，坐都坐了，继续坐那吧！"

王小川叹着气坐下了。

"衍衍，我发现你还是有自知之明的，你确实不适合住宿。"

"哈哈哈，我怕衍哥住宿不到一个星期就要被投上六中的吐槽墙！"

于星衍对着宿舍天花板翻了个白眼。

三人在宿舍吹了一会儿空调，又一起出去在六中附近踩点。

踩点是一项大工程，除了要搞清楚六中附近的美食分布，还要把周围的休闲娱乐场所摸一摸。

校门口有阿嬷在卖钵仔糕，于星衍买了个桂花的，拿着签子小口小口地吃着，而旁边的王小川一口就囫囵吞完了。

"六中旁边好吃的好多！"他眼睛闪闪发亮地说。

"哇，那家很有名的竹升面馆就在附近，据说虾子云吞面是一绝，我们今天晚上就吃那个吧？"

"我看贴吧上说附近的那家肠粉早餐铺也很好吃。"叶铮补充道。

他们几个除了于星衍，都不是嘉城本地人。

于星衍是拆三代，他爸于豪强是拆二代，当年嘉城靠着拆迁富起来的那批人大都去做生意了，于家就是下海后混得不错的那批。

王小川的父母是邻省来嘉城打拼的，在嘉城开了几家餐饮店，如今赚了不少钱。

只有叶铮家里不是做生意的，父母都是高级知识分子，在嘉城大学教书，家庭条件也不错。

当然，要是论有钱，那一定是于小少爷家里最有钱。

但是嘉城有钱的人太多了，他们这些好学校的学生，谁也不会因为家境高看别人一眼，所以说到底能玩在一起，还是因为性格和爱好。

三个人初中的时候就一起玩，一起努力学习考上六中，感情特别好。

两个人知道于星衍家里的事，都使劲逗他开心，故意不去提相关话题。

去那家有名的面店吃完了云吞面，王小川还觉得有些饿，又带着他们直奔网上很火的牛腩店。

"好吃啊这个牛杂！"

街边的小店门面很破，但是依旧有很多人在这里排队，店内没有位置，就在外面摆了一排塑料凳，几个穿着崭新的六中校服的男生在那吃牛杂。

于星衍平日里不是很喜欢吃路边摊，但是跟王小川和叶铮出来，他也不会扫别人的兴致，向来都会陪着吃一份。

黄昏时分，嘉城的天气依旧闷热。大蒸锅一样的城市里，人来人往穿梭如织，空调外机的嗡嗡声到处都是。

于星衍站着吃牛杂，嘉城的校服衬衫贴在背脊上，湿了一片。

他容易出汗，鼻尖上落了几滴小汗珠，鬓角也有汗水滑落，整个人看起来都湿漉漉的。细碎的黑发贴在白皙的脸颊上，双眼微垂，弧度弯弯，无辜又稚嫩。

于星衍把吃不下的牛杂扔进垃圾桶里，开了一包湿纸巾递给他们。

"吃完了就走吧，今晚七点半还要开班会呢。"

"走走走！"王小川站起来，打了个饱嗝。

三个人慢悠悠地踏上了回学校的路。

今天的晚霞是一片灿烂又瑰丽的紫色，云朵在里面卷成丝状，白色染成了粉。

六中的门口依然有很多家长出入，说话的声音热闹又鲜活，门口摆摊卖生活用品的小贩还没走，正在和家长讨价还价。

军训第二日，晨光很好，太阳早早就露了头，万里无云。

六中的面积不小，四百米跑道的标准操场上此刻人声鼎沸，一首《运动员进行曲》回荡在空中，催促着新生们列队。

于星衍和王小川还有叶铮三人从食堂走出来，一起往高一（1）班的方阵走去。

1班的位置在红色跑道上，没什么树荫遮挡，于星衍看了眼火辣辣的太阳，把自己的帽子压得更低了些，几乎遮住了小半张脸。

迷彩绿的军训服穿在王小川身上显得紧绷，在于星衍身上却还是宽松了些，他把皮带扎得很紧才让裤子不至于往下垂。

布料算不上舒服，贴身穿着很扎，所以于星衍在里面还穿了件短袖，热得整个人都有点发晕。

六中的军训还是很严格的，特别是对于重点班，教官毫不留情。他们的班主任老陈是个严肃的中年男人，连女生的假都不会随意批。

王小川看着那毒辣的日头，凄惨地叹了口气，又想起于星衍的脚，再次确认道："衍哥，你那脚真的没问题？要不然中午还是去看下校医吧？"

于星衍不自在地转动了一下自己的右脚，除了些微的刺痛，其他感觉都还好。

"没事，就是崴了一下。"

说到于星衍的脚，都怪昨天晚上。

三人晚上想来一次"六中探险"，去的时候还好好的，回来的路上不知道谁在大道上放了一堆石子，害得于小少爷回来的时候一脚踩在石子上，失去平衡，把右脚给崴了。但是还好，不是很严重，脚没肿，筋也没伤到，于星衍休息了一晚，觉得没什么问题。

三个人走回班级所在的方阵，把灌好水的水杯放到树荫下。

教官和班主任已经到了，正催促大家不要闲聊赶紧站好。

不得不说，1班同学的交际能力还是很强的，刚刚认识一天两夜，就已经以宿舍为单位聚在一起了。女生大都在抓紧时间再抹一层防晒霜，男生则嘻嘻哈哈地聊着游戏、篮球之类的话题，一派和谐。

像于星衍三人这种从初中直接升上来的小团体也有几个，王小川是他们中间交际能力最强的，已经大致把班里同学的情况搞清楚了。

"我们班大部分都是六中初中部直升的，还有几个育才和嘉大附中的，实验的就我们三个。"

他小声和于星衍、叶铮汇报情况。

"听说中考第一就是那个嘉大附中的，戴黑框眼镜的，叫陈正威，是衍哥你的头号对手。"

于星衍顺着王小川的目光看过去，看见了一个面容普通、身高也很普通的男生，皮肤略黑，脸上还有几颗青春痘。

于星衍收回目光，不在意地"嗯"了一声。

叶铮说："考了784分的那个。"

王小川补充道："据说数学和英语都是满分。"

于星衍是实验的第一名，但是放在区里只能排个第六，离第一还挺远的，但是分数差得并不算多。

"等军训完摸底考试再看吧，中考都过去了，不作数。"于星衍心里名为"斗志"的小火苗燃烧得更猛烈了一点，但是嘴上却装作满不在乎的样子。

队列按照从高到低的顺序排列，于星衍虽然瘦，但是个子并不算矮，在队伍的头几名站着，王小川和叶铮离得也不远。

今天好像有什么事情要宣布，教官在临训练前又集合开了一个短会。

大家没站几秒军姿，见教官走了，又纷纷软成烂泥，窸窸窣窣地聊起天来。

王小川和叶铮探出头，隔着人和于星衍聊天。

"咋回事呀！还没开始？"

"同学你不知道吗？今天要选表演方阵的人了，军体拳、旗帜表演，还有一个障碍表演，三个方阵呢！"

被夹在中间的男生很热情地回答王小川的问题。

"哇，这几个方阵累不累呀？是不是去了就不用站军姿了？"

"看学校论坛里面说军体拳和旗帜表演都挺累的，要一直排练，障碍好像是今年新添的，据说能拿枪！"

"真的吗，是打靶那种真枪吗？"

没一会儿，两个人就聊得火热。

叶铮也没摸过枪，闻言来了点兴致，道："衍哥，你去不去，我们一起去报名啊！"

于星衍在心里不是很乐意，想想端枪就觉得累，而且"障碍"这两个字已经在昨天晚上伤害他一回了。

但他看到两个好友都那么积极，也点了点头说："你们去我就去。"

大家叽叽喳喳地聊着天，直到教官突然出现在队伍里。

"吵什么吵！一没人就说话！还是重点班呢，一点自觉性都没有！"

中气十足的骂声把一群少年喊得没了声，一个个都立刻昂首挺胸地站好。

教官围着列好的方阵巡视了一圈，然后开始点人。

"你，你，还有你……你们几个都出来！"

被点到的于星衍不情愿地站到了队伍外，和他一起被点到的还有叶铮，两人互相用目光打了暗号，没作声。

教官选了大概十个人出方阵，然后问道："你们愿不愿意去表演方阵？军体拳、旗帜还有障碍，每个班都需要四个人参与，愿意的举手！"

叶铮举手了，于星衍也缓缓把手举了起来。

他们很顺利地被分到了障碍方阵，看着好友都进去了，没被点到的胖子王小川急得脸红脖子粗，忍耐不住想要举手。

好在这些人里也有不想去的，回去两个以后，王小川终于得偿所愿，被教官选中了。

三个人站在障碍方阵的队列里一看，另一个居然是刚刚夹在他们中间聊天的男生，看起来挺憨厚的。

"同学，我叫王小川，你叫啥啊？"

"我叫梁易，王小川你好！"

"这是我哥们儿于星衍、叶铮，嘿嘿，我们班就我们四个去端枪了！"

梁易往于星衍那瞟了几眼，小声道："我知道，于星衍可有名了，还没开学我就在贴吧看见过他的名字。"

王小川尬住了。

这哥们儿，没想到不仅长得憨，说话也是真憨啊！谁没事在正主面前聊人家的八卦啊。

于星衍听到"贴吧"两个字只觉得头大如斗，这个地方不知道诞生了多少关于他的八卦谣言，起初王小川和叶铮还会拿这个来调侃他，现在都懒得和他播报了，因为实在是太多了。

他默默地把帽子又压低了一些，装作掉线。

还好给他们聊天的时间并不多，很快就有专门负责带他们的教官过来领人了。

这支今年新组织的跨障碍表演方阵选的都是男生，粗略看去，个个都是高个子，长得很精神，王小川是为数不多壮一点的。

他们被带到操场侧边的长条形跑道，那里摆了几组障碍物。

障碍方阵名副其实，就是要跨障碍跑。

教官把他们按身高排好队列以后，先是亲自给他们示范了一遍。

障碍并不算难，爬绳网，引体向上过一组高杆，最后要从一个一米多高的台子跳下去，教官的动作行云流水非常帅气，一下子就完成了。

一群少年看得直鼓掌。

于星衍站在第一排的第一个，许是教官看他脸生得白嫩，眉清目秀的，下来以后一眼就相中了他。

"这位同学，叫什么名字？"

于星衍下意识地挺直了背脊，一字一句地说："于星衍，星空的星，衍生的衍。"

教官笑眯眯地背着手打量了他一圈，说："于星衍同学，想不想第一个试一试啊？"

其实……不想。

于星衍有点后悔了。

他干咳了一声，迎着所有人的目光硬着头皮喊道："想！"

然后，他就被提溜到了绳网前。

"没关系，第一次做得慢一点也无所谓，主要是尝试一下，让大家看看！"教官在他身边鼓励道。

于星衍做出预备跑的姿势，教官看着少年飒爽的样子，满意地拿起口哨吹响。

于星衍抓住绳网开始往上爬。

其实他平常运动量也不少，会打打篮球之类的，臂力也还可以，这些障碍对他来说并没有那么难。就是不太熟练，做起来有些小心翼翼的。

方阵里王小川在那给他喊加油，惹得不少人都开始起哄。

甚至旁边休息的班级，也蹭了过来。

于星衍咬咬牙，加快了自己的速度。

他攀着高杆往前晃，晃到最后一根杆，马上就要够到对面的台子了，却有点没了力气，几乎是蹭着上去的。

一群男生也不顾队列顺序，围在旁边给他加油。

只要再冲刺上台子的高点然后跃下，就算是完成，大家都期待看到于星衍成功地完成，给教官看看他们的能力。

听着大家加油鼓劲的声音，于星衍只觉得自己全身没力气，但为了面子还是努力地快步冲刺，登上台子，准备轻盈跃下，给这次首秀来一个完美的结束动作。

他完全把昨天自己崴到右脚的事抛在了脑后。

于是，就在众目睽睽之下，男生落地。欢呼声骤然响起，但他过了半晌还跪在地上。

于星衍的右脚扭成一个诡异的弧度，先是钻心一般的疼，然后一阵天崩地裂般的痛感袭来。

他在心里崩溃大叫，面上却丝毫不显。

于星衍用手轻轻地碰了碰再次崴到的右脚踝，疼得他眼泪差点出来。

"衍哥，衍哥！衍衍！让让，让一下，教官，他好像崴到脚了！"

王小川眼看情况不对，拨开众人就要往于星衍那里冲，叶铮拉都拉不住。

王小川的大嗓门在于星衍的耳边如惊雷炸响，但这不仅没有驱散围观的少年们，反而让大家更加好奇，全部围了上来。

位于围观人群中间的于星衍绝望地闭上了眼。

好丢脸，就不该来的。这下全世界都知道自己跑个障碍崴到脚了。真是出师不利，干脆给他一枪算了。

屋野

3

早上十点半，烈日炙烤着嘉城的大地。

嘉城新苑里也难得没有在外面闲逛的老头老太太，只有小区楼下架空层的凉亭里传来搓麻将的声音。

许原野正在书房写存稿。灵感来了，他写的速度就会非常快，修长的手指在键盘上飞快地跳跃，敲击键盘的声音像骤雨一样落下。

气氛严肃到空气都好像是凝结的。

突然，放在桌面上的手机震动了。

许原野的对话写到一半，他眉头紧蹙，手上不间断地把字打完，才分出心神去看了一眼手机。

来电是一个嘉城本地的号码，不像是骚扰电话。

知道他号码的人并不多，所以许原野在把对话写完以后，还是在对方挂断之前接起了电话。

电话接通后，略微耳熟的少年音就传到了耳朵里。

"原野哥？我们老师要和你说话。"

对面声音很小，和做贼一样。

许原野还没把这个声音的主人和脑海里的脸对上号，紧接着是一个陌生男人的声音。

"您好，是于星衍同学的家长吗？我是于星衍的班主任陈老师，于星衍刚刚训练的时候把脚崴了，现在在医务室处理……您看看有没有空来接一下他？医务室的老师说还是去拍个片子看看比较好……"

许原野拿着手机，茫然的表情中又带了一点不可思议。

什么情况？

于星衍同学的家长？

如果没有听错的话……他这是凭空多了一个儿子？

许原野深刻地认识到人生就是由无数的不确定组成的。

就比如，在今天接到这通电话之前，他从来没想到自己会突然变成一个陌生小孩的家长。

虽然说在接受一位高中生成为自己的合租室友以后，许原野就已经做好了偶尔要给小朋友擦屁股的准备，但令他始料未及的是，这一刻竟然来得这么快。

许原野站在阔别已久的旧日校园里，有些搞不懂自己为什么这样就来了。

他不仅来了，还把身上的休闲装换成了一套正装。

孩子真的很麻烦啊。

许原野看着挂着医务室牌子的木门，叹了口气，无奈地敲了敲门。

医务室内，于星衍坐在椅子上，既窘迫又尴尬。

班主任老陈和医务室的老师一左一右地站在他两边，像两尊门神一样，时不时就对着他肿成猪蹄的脚发表几句点评。

"你也太不小心了，从一米多高的台子上跳下来怎么能崴成这样？"

医务室的老师是个三十多岁的女性，看着于星衍受伤的脚腕眼里满是怜惜。

于星衍的脚踝疼得厉害，只能摆出一副乖乖的表情，用点头和摇头来应付老师们的关切，听到医务室老师的这个问题，于星衍可怜巴巴地眨了眨眼睛，没说话。

嘶，好疼。

室友怎么还不来……

医务室的空调温度很低，冷风呼呼地往外吹着，于星衍刚刚在外面出了汗，此刻军训服里的短袖粘在身上，很不舒服。

他心想，室友再不来，等下他可能就不只是断腿，还得感冒。

在于星衍第八次抿出羞涩的笑容，摇摇头表示自己不痛以后，终于听见了医务室的门被敲响的声音。

"咔嚓"一声，医务室的门被打开了。

一道修长的人影站在门口，在和室内三人目光相遇的那一刻，男人颔首示意，不急不缓地走了进来。

男人穿了一身正装，肩宽腿长。白衬衫下是得体的西装裤，黑色漆皮的尖头皮鞋擦得很干净。

黑色的短发抓了一个偏分，露出了一边鬓角，男人脸部的轮廓线很硬朗，眼睛狭长，唇也很薄，看起来有些锋利，侵略性很强。

和上次见面不同，男人这次戴了一副金边细框的眼镜，和白衬衫互相呼应。

如果不是知道他是学生家长，班主任老陈还以为是哪个明星来学校了。

"是于星衍的家长吧，您好您好，我是他的班主任陈老师。"

四年前才从这里毕业的许原野并没有见过这位老师，他淡定自如，大方地朝和他打招呼的老师微笑道："陈老师你好，我是于星衍的表哥。"

迎上去的陈老师完全没有怀疑许原野的话。

同样的矜贵、教养，一看就是出身于良好的家庭。

许原野和老师打过招呼，看向坐在一旁的少年。

于星衍像是被踩了尾巴的猫一样背绷得笔直，磕磕巴巴地和他打招呼："原野哥，你……你来啦。"

好尴尬！

于星衍脸皮薄，还没有演过这样尴尬的戏码，反而是走马上任的"表哥"许原野看起来适应良好。

少年低下头，像是不好意思在家长面前出糗一样，脸都烧红了。

许原野和医务室的老师聊了几句，把还有工作要忙的班主任送走，走到了坐在椅子上当蘑菇的少年面前。

穿着不合身的军训服的少年看起来小小的一团，身形还未完全长开，一边裤脚耷拉着，一边裤脚高高挽起，露出细长白皙的小腿，还有肿得像发面馒头一样的脚踝。

"疼吗？"许原野微微俯下身，看了一眼男生的脚踝，问道。

于星衍如蚊子般讷讷地"嗯"了一声。

许原野保持着俯身的姿势，对少年说道："手，搭上来。"

于星衍一时之间有些不好意思，自己先给人家找了麻烦，现在还要人家当自己的拐杖。

许原野把青春期男生的小心思看在眼里，眼底浮现出一丝笑意。

他看着小朋友的杏仁眼里闪过纠结的神色，最后还是犹犹豫豫地把手臂搭上了自己的肩膀。

许原野扶住男生的后背，带着他站了起来。

"小心点，走吧。"他平静地说。

就这样，他们出了学校，坐上了一辆出租车。

"麻烦开到嘉城新苑的北门，谢谢师傅。"许原野和司机说道。

"谢谢原野哥。"

男生不知道怎么解释今天发生的这一切，只能先道谢。

他四处打量着出租车的内饰，刚才的不好意思早就被他抛诸脑后，心里飞快地闪过"室友没有车啊""这套西装看起来好廉价"之类的想法。

而且今天是工作日，室友不用去上班吗？

许原野不知道贴着车窗坐着的男生心里已经开始对他的职业和经济水平进行评估了。他带来的衣服里就只有这么一套正装，还是大学打辩论赛时统一添置的，不是什么牌子货，穿出来的时候也来不及熨。能穿出来一身贵气，全靠许原野的身材和气质。

于星衍从小看惯了各种奢侈品，扫了几眼就能看出来许原野身上的衣服并不值钱，而且他的手上也没有戴表。

唉，难怪要合租呀。

小少爷在心里感叹了一句。

绕过一个路口，很快就要到嘉城新苑的门口了。

许原野看了看窗外，"你舅舅什么时候回来？要不要我带你去医院？"

"不用了……我舅舅今天晚上就回嘉城了，我叫他明天带我去医院就可以。"于星衍赶紧说道。

说完以后，他觉得自己这样有点小白眼狼，良心不安极了，又开始道谢。

"太谢谢你了，演我家长，谢谢原野哥！"

"光是谢谢？"

于星衍呆住。

成年人都是这么真实的吗！口头道谢不算数？

"那，那我给你演出费？一千块钱够吗？"

这次换许原野哭笑不得了。

真是好有钱好大方的小朋友。

嘉城新苑，三居室内。

于星衍坐在自己房间的床上，手里拿着换洗的衣物，深呼吸了几口气。

他想起刚才男人在车上的话，"你不知道吗，你舅舅早就预料到会有今天，给我转了辛苦费。"

于星使劲晃着自己的脑袋，想要把这一幕从脑海里晃出去，只觉得自己在男人面前就像个小孩子一样，完全只能被牵着鼻子走。

他撑着床站起来，单腿蹦到门口，把房间门打开看了看，发现客厅已经没有人了。

独处的空间让他紧绷的神经骤然放松下来。

从小到大，于星衍都是家里最受宠爱的存在，于豪强对他几乎是有求必应，当然，除了这次不顾他的反对和那个喜欢喷一吨香水，打扮得花枝招展的女人结婚。

如果不是这样，于星衍的逆反心理也不至于这么严重。

男孩习惯了在别人那里得到宠爱，突然被放在一个陌生且深不可测的成年人旁边，就像一只突然被叼走的幼崽，时刻都警惕着。

他既害怕人家觉得自己不好，又因为不能享受理所当然的帮助而别扭。

生活好像一下子完全脱离了他的掌控。阅历尚浅的男孩只能强撑出一副架子，希望许原野赶紧离开，让他缓口气。

与此同时，小区旁边的百佳超市里。

许原野挂掉来自那个小癞子室友舅舅的电话，看着微信里转过来的一千块钱，有点无奈。

这舅甥俩哪来的默契啊？

拒绝完小的，大的就来了。

他知道周叶也不好做，把钱收下，没说什么，准备去买两块排骨回去给小癞子炖个汤。

在许原野的生活技能里，只有做饭这一项是点亮的。

他大学的时候因为作息和室友相冲，也是在外面租房子住，一直都是自己做饭。

作为土生土长的南川人，他实在是吃不惯北方重油重盐的外卖。

就算周叶不给他打这个电话，他也是会分小孩一碗饭的。

熟悉许原野的人都知道，他待人向来是礼貌周全的，除了对自己很熟的好友会暴露嘴巴刻薄的本质以外，没有人会觉得许原野这个人不好。

就连大学四年没和他一起住的室友都觉得他是学院里无可指摘的好人，因为许原野经常做饭给他们吃，吃得三个人大学期间都胖了不少。

但是若要李颐来说，一定会痛心疾首所有人都没有看清许原野的本质，就连他亲爸都没有看清，不然也不至于被许原野的一朝变脸气成那样。

许原野本质上就是一个自我意识极其强烈且高傲的人。

一旦遇到和他做的决定相悖的事情，许原野绝对不会对其他人低头，就算那个人是他父亲也不行。

许原野很快就把自己要用的食材选购好了，拎着一大袋东西走回去。

他回嘉城不久，没有买代步车，后来因为买房身上的存款只剩下一些零头，便没把买车纳入预算里，毕竟他也不怎么出门。

超市和嘉城新苑离得很近，许原野走了十分钟左右，就回到了小区。

许原野提着两袋食物打开房门，把袋子放在玄关上，正准备俯身脱鞋。

瘸腿的小男孩穿着白色的宽松半袖和一条黑色运动短裤，正扶着门往外蹦，一边蹦一边心情很好地哼着歌。

"就无人晓得……我内心挫折……活像个孤独患者自我……拉扯……哦哦！"

"外向的孤独患者——"男孩的声音在看见站在门口打量他的许原野时戛然而止。

尴尬。

这就是于星衍现在的状况。

他好像听见一丝微不可闻的轻笑声。

他在笑我！

许原野把食材放在料理台上，倒没有觉得小孩唱歌有什么，但是当他回头，却看见那个小瘸子还僵在原地。

许原野在心里好笑地摇了摇头，"红花油在茶几上，去上个药，一会儿吃饭了。"

于星衍默默地拿着吹风机，转身回厕所里，他把吹风机调到最高档，嗡嗡的吹风声盖过了手机外放的音乐声和厨房传来的切菜声。

于星衍吹完头发，从卫生间出来一跳一跳地来到了沙发旁。

于星衍上完药，坐在沙发上等着饭吃。

一开始他还能端端正正地坐在那，后面实在是等得无聊，很快就恢复了本性，整个人躺在了沙发上。

于星衍把脚悬空架在沙发外等着药干，垫了两个抱枕，像豌豆公主一样斜靠在那玩手机。

他看了眼没有电视的客厅，瘪了瘪嘴。

他还想着出来住能打游戏呢，没想到这个房子连个电视都没有。

本来打算用军训的时间买东西，然后让舅舅来帮他安装，等他回来住的时候一切就已经妥当了。谁知道现在自己提前来了不说，还啥都没有。

男生的眼球滴溜溜转，不一会儿，他的购物软件上就多了一个液晶电视的订单。

糖醋小排、蒜蓉菜心，还有一个蒸水蛋，许原野把菜在桌子上摆好的时候，于星衍手机上的订单已经增加到了十单那么多。

什么扫地机器人啊，智能蓝牙音箱啊……于星衍能想到的，他在家里用得顺手的电器，都买了一个。

于星衍闻到饭菜的香味，把手机收回了裤兜，单腿蹦到餐桌旁坐下。

小少爷看着色香味俱全的饭菜，心里涌上一股说不出的满意。

这个室友做饭还是很不错的！

许原野脱下围裙，走到餐桌旁坐下。他发现，刚刚还在他面前心虚气短，总是别扭的男生不知道为什么，突然理直气壮了起来，很是赞赏地看着这桌饭菜，一副"你很不错"的主人样。

许原野不知道的是这位小朋友就在沙发上等待的那么一会儿，就已经花光了他舅舅给的"离家出走基金"，为这套属于他的房子添置了不知道多少家电。

即将用自己的物品填满房子，扒拉出一块属于自己的领地的于星衍志得意满地夹了一块小排骨。

入口的味道让他一瞬间就幸福地眯起了眼。

好吃！

有嚼劲的排骨肉，符合他口味的甜度，好吃到忘记了言语。

许原野拿着筷子，看着因为一块排骨，周围便充满了快乐气泡的小朋友，嘴角不禁上扬，笑了起来。

真的就是一个十六岁的小孩。

所有情绪都来得那么快，也那么简单。

4

于星衍躺在屋子里吹空调当猪的生活过得很快活，眨眼便是四五天过去，六中的军训也接近尾声。

于星衍的脚好了许多，虽然还不能跑跳，但是自己一个人慢慢走是没有问题的。

他回到学校，准备抓住军训的尾巴，参与一下集体生活，当然，也是因为和许原野一起待着的时间实在是太无聊且可怕了。

早上七点半，高一（1）班已经列好了方阵，准备最后的排练。

下午便是军训的阅兵仪式了，为了争夺名次，所有同学都早早地到了操场进行冲刺训练。

穿着白衬衫和校服裤的于星衍在一众迷彩服里格外显眼。

他一个人坐在树荫下，旁边是同学们排列整齐的水杯，看上去就像一个孤单的水杯看守员。

班主任老陈怕他没有集体参与感，还特意交代给他一个帮班级摄影的任务，所以于星衍脖子上还挂了个单反相机，时不时地举起来朝正在训练的队伍拍一张。

一天的时光就这样消磨过去。

在最后的军训阅兵仪式中，高一（1）班不负老师的厚望，成功夺得了第一名的佳绩，而叶铮和王小川参与的障碍方阵也非常帅，少年们利落地跨越障碍、端枪匍匐前进等动作赢得了场下一阵又一阵欢呼。

本该在方阵里大出风头的于星衍站在跑道边，脖子上挂了个拍摄的工作证，用镜头忠实地为叶铮和王小川留下了几张面目狰狞的黑照。

"啊！衍哥！给我看看，给我看看！"散场后，王小川使劲往于星衍旁边凑，硕大的脑袋探向单反预览屏幕前。

叶铮无语地推了他的头一把，道："有什么可看的，你不都是一样丑！"

说完，他自己探头过去看了一眼。

于星衍不是什么摄影爱好者，拍出来的照片糊的糊、暗的暗，也挑不出来几张能用的，他瘪瘪嘴，把单反挂到了王小川脖子上，让他自己去看。

下午的阅兵仪式刚刚散场，时间还不到四点，同学们有的在操场上和教官合影留念，有的赶忙回宿舍洗澡收拾东西回家。

三人拍完班级合照，慢悠悠地顺着操场的跑道往回走。

今天是开学前最后一个星期五了，就连高三也会和他们一起放一个双休，然后九月一日再回来报到。

校园里此时非常热闹，行李箱滑轮碾过地面的声响和放学铃声一起回荡在操场上，一片壮丽夕阳。

于星衍是在一百米直道处被女生堵住的。

六中的校服分为运动服和礼服两类，一般只有星期一升旗的时候需要穿礼服。

几个穿着白衬衫和礼服裙的女生你推我搡地走到了三人面前——准确来说，是于星衍的面前。

叶铮和王小川对视一眼，非常默契地后退一步，心照不宣地在后面偷笑。

最前头的女生留了一头及胸的长发，发尾微卷，长得挺好看的，她看着面前清秀的少年，笑眯眯地说道："学弟你好啊，认识一下吧！"

夕阳余晖下的于星衍看起来清冷又疏离。

男生在学校里的时候总是没什么表情，虽然长了一张漂亮的脸蛋，但是眼神总是漫不经心的，好像对什么都不太在乎的样子。

学校向来是他的主场。

"没兴趣。"那双弧度弯弯的杏眼垂下，于星衍摆出一个很酷的高冷表情，和几个女生擦肩而过。

叶铮和王小川迅速跟上他的步伐，王小川还在后面拱手和几个学姐道歉。

"不好意思啊，漂亮学姐们，他今天心情不好！"

说完，王小川回头和叶铮偷笑。

如果因为心情不好拒绝交流的话，那于星衍应该三百六十五天里有三百六十四天都在心情不好吧！

于星衍听到好友们调侃的笑声，轻哼一声。

几个学姐好像也没有因为被拒绝而生气，不远不近地跟着三人，说话声偶尔能飘到他们这里。

"真的挺帅的……"

"哈哈哈，贴吧上的帖子都盖到十页啦！"

"但是我还是更欣赏许原景的颜……"

于星衍听到"许原"这两个字，几乎是得了创伤后应激障碍般地抖了抖肩膀。

他维持住刚刚"崩盘"了一秒的酷哥不屑脸，脑海中瞬间就浮现出前几天整理房间的经历。

于星衍在家里闲着没事干，买了电脑、电视机、扫地机器人、加湿器、蓝牙音箱……后来他觉得床不够软，又买了床垫、地毯、抱枕……

总之，快递差点把屋门口给淹没了。

　　于星衍腿脚不便又不会收拾东西，快递便在客厅里堆成了小山。

　　于星衍本来想着慢慢弄，没想到自己的室友，居然真的是个无业游民，每天都在家里，没有出过一次门。

　　总是响起的门铃声好像打扰到他了，于星衍在客厅拆快递拆到累瘫成一张饼，一抬头，就差点被室友黑着的脸给吓死。

　　男人从书房走出来，平日里虽然说不算平易近人，但好歹平静，现在平静的脸上全是压抑的愤怒，那双狭长的眼睛往于星衍身上一看，于星衍瞬间就把自己的酷哥人设给忘记了。

　　他只能疯狂地眨巴眨巴眼睛，试图用在家里找他爸要钱的那套来对付室友。

　　当然，没能起到太大作用。

　　于星衍在室友的陪同——实则是监视下把所有快递拆开组装好，就算是瘸着腿，也艰难地把垃圾整理干净，只觉得自己还不如回学校晒太阳。

　　后来，他的每个快递到之前，都要发短信和快递小哥说千万不要按门铃，给他打电话。

　　于星衍是个非常聪明且敏感的人，他能够感觉到室友不喜欢白天有人在家里打扰自己。

　　这不，脚刚好一点，他就迫不及待地回了学校。

　　于星衍宿舍的东西在前几天就已经让周叶来收走了，他今天回学校只揣了校卡和手机，包都没带，一身轻松地和叶铮、王小川往学校外面走。

叶铮和王小川回宿舍洗澡换掉了自己的校服，他们都申请了留宿，这个周末准备待在学校里。

三个人在校外吃了一顿猪肚鸡，虽然是大热天，但是依旧不能阻挡他们对猪肚鸡的喜爱。

嘉城的猪肚鸡店铺开遍了大街小巷，大多装修都很朴素，味道也很好。

夜色逐渐降临。

三人逛了一会儿，又玩了几把游戏，时间就到了夜里十二点多。

于星衍和叶铮、王小川告别，回去的路上满脑子都是等下要怎样不引起室友的注意安全进入自己的房间。

于星衍回到嘉城新苑的时候，已经将近凌晨一点。

于星衍拿出自己的钥匙，他难得有些做贼心虚，自己大半夜回家的时候都没有这么蹑手蹑脚过。

"咔嗒"一声，门锁开了，于星衍小心地压下把手，打开门。

他已经做好了在一片黑暗里开灯的准备。

没想到大门拉开，迎接他的却是一片明亮。

客厅的吊顶灯是暖黄色的，穿着灰色针织衫男人正在沙发上看书。

听到开门的声音，男人便转头看向门口，一只手把书反着压在茶几上。

不对啊，这几天他观察过了，他的室友不应该每天十二点前就睡觉了吗？

于星衍尴尬地保持着自己弯腰的动作，伸出了另一只手，小幅度地挥了挥。

"嗨，原野哥，晚上好。"

于星衍在许原野的注视下，慢吞吞地把鞋子换了，走到沙发旁。

他刚来的时候客厅里空荡荡的，现在电视柜上已经摆上了电视和音响，茶几上还有他的游戏手柄，看起来多了些人气。

许原野看了眼时间，拍了拍沙发，说道："坐。"

男生挠了挠头，心里虽然很不情愿，但还是坐下了。

许原野的生物钟很稳定，这个时候他应该已经睡熟了，现在却还在熬夜，有些困倦。

男人慵懒地靠在沙发上，似笑非笑地睨了于星衍一眼。

"出去玩了？"

于星衍点了点头。

"我是不是还没和你定规矩？以后出去玩要十点之前回来。"

于星衍下意识就想说一句"关你屁事"，但是男人的目光给他带来了巨大的压力，平常说惯的话不知道为什么就是说不出口。

男人似乎是看出他内心的不情愿，倾身看着他，声音带了一丝困倦的沙哑。

"不要给我添麻烦，懂？未成年的小朋友。"

他不甘心地说道："我又不是三岁小孩，十点以后就找不到回来的路……"

许原野懒懒地"嗯"了一声。

他不欲和小朋友多做辩论，说道："十点以后我要准备睡觉了，万一你有什么事打不通我的电话。"

要是出了点什么事，他还得帮忙找人。

"你要是十八岁了，不回来过夜我也懒得管你。"

于星衍张了张嘴，想要反驳一句"我也用不着向你求助"，但是他突然想起自己前不久才打电话给人家添麻烦，说这种话根本毫无立场。

显然许原野不是来和他商量的，这个男人只是打算通知他一声。

说完以后，许原野便站了起来，捏了捏有些酸痛的肩膀，往自己的房间走去。

于星衍郁闷地坐在沙发上，室友看起来也就二十多岁，为什么每天都待在家里当蘑菇呢？

于星衍揪着抱枕的须须，烦恼地叹了口气。

他看到室友反盖在茶几上没有拿走的书，气哼哼地拿起来，想看看能让这位室友每天待在家里，捧着看的书写的都是些什么内容。

卡尔·雅斯贝斯揭示，世界根本不可能组成一个统一体，

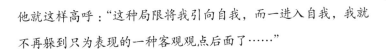

他就这样高呼："这种局限将我引向自我，而一进入自我，我就不再躲到只为表现的一种客观观点后面了……"

明明上面全部都是汉字，怎么连在一起就看不懂了呢？

于星衍尴尬地把书原样盖回去，摸了摸鼻子。

难怪室友天天待在家里也没有夜生活，原来是个搞哲学的。

于星衍泡了一个舒舒服服的澡，颇有明日事明日议的洒脱，干脆把门禁抛在了脑后，躺在软软的床上看起了小说。

这几天在家里闲着无聊，朋友们都在军训没人陪他打游戏，于星衍就下了个小说阅读器用来打发时间。

他让朋友们给他推荐了几部小说，呼声最高的就是终途中文网里的《陨星》，讲的是星际航海时代一个平凡男生被放逐在流浪星球上的故事。这篇小说的文笔绝佳，格局开阔，又有不过时的设定，看得他如痴如醉，颇为上头。

如果硬要说有什么缺点，那就是太长了，而且没有女主。他现在看到了三百章，女主连个影子都没有。男主还在那颗流浪星球上种菜造飞行器呢。

于星衍接着他昨晚看的那章，认真地看了起来。

还是这种小说好看，自己那个室友看的都是什么玩意啊，和天书一样。

凌晨时分的嘉城新苑寂静无声，只有空调机箱还在无休止地轰隆作鸣。

三居室内，许原野已经进入睡梦，而隔壁房间里的小朋友却还在和叫作"李暮"的男主角一起，奋战在建设美好家园的第一线。

　　日月轮转。

　　黑压压的天幕渐渐染上了浅青色的微光，于星衍揉了揉眼睛，惊觉自己居然看小说看到了五点。

　　此时李暮已经离开了他的故乡——那颗贫瘠荒芜的废土星，混入了一群星际海盗中。

　　才刚刚看到李暮在星际海盗的星舰中偷学技术的于星衍咬了咬牙，决定不管三七二十一，接着往下看。

　　早上八点三十分，许原野起床了。

　　明亮而有朝气的晨光洗清了夜晚的余韵，他刷牙洗脸过后，准备蒸上包子当早餐。

　　就在他开冰箱拿东西的时候，那扇本该紧闭的房门被打开了。

　　男生像一缕游魂一样飘了出来。

　　平日里白皙但有血色的皮肤一片惨白，双眼底下挂了两个巨大的黑眼圈，白色的短袖挂在身上，显得他过分瘦了。

　　饿得胃疼的于星衍迅速刷牙，然后巴巴地走到厨房。

　　许原野有些意外。

　　这些天他是见识了于星衍的作息的，每天不到十二点不会起床，今天怎么起得这么早了？

他上下打量了一下于星衍的样子，开口问道："你是起床还是没睡？"

于星衍看着蒸锅里的包子，揉了揉难受的胃，虚弱地说道："没睡……"

许原野皱了皱眉。

他从小就习惯按照人体的生物钟来生活，这种反生物钟的睡眠方式一向是他不赞同的，几个朋友也是每天把晚上当白天来用。

包子还要蒸一会儿，许原野给小孩倒了杯刚刚热好的牛奶，递到他的手上。

虽然他不喜欢这种生活方式，但是他也不会随意喙别人。

于星衍接过热牛奶"咕咚"喝下一口，胃里有了东西，终于舒服了一点。

等待包子蒸好的时间里，许原野也没有闲着，拿起茶几上昨天晚上的那本书继续看。

男人的精神很好，看上去非常享受这种阅读时光。

于星衍拿着牛奶杯，想起那本书上自己看不懂的艰涩文字，默默地又吞了一口牛奶。

这是于星衍第一次和许原野一起吃早餐。

于星衍和许原野一起吃了几天饭，已经深刻认识到了男人的刻板——吃饭的时候，许原野不玩手机也不说话，只是认真吃饭。搞得他也不敢玩手机了。

吃了两个奶黄包，喝了一杯热牛奶，于星衍感觉自己终于活过来了一点。

他靠在椅背上，长舒了一口气，却没什么困意。

男生站起来，在客厅里溜达了两圈，看着坐在沙发上安静看书的男人，最后还是忍不住开口了。

"原野哥，你看的是什么书啊？"

"《西西弗神话》，加缪的。"

加缪是谁？

于星衍突然有些后悔自己和许原野搭话了。

他沉默了一会儿，又问道："讲什么的啊？"

"荒谬哲学。"

于星衍尴尬地挠挠头，准备回房间去继续看他的网络文学小说。

许原野看到男生转身要走的动作，从客厅茶几的抽屉里拿出了一盒蒸汽眼罩——这还是上次他赶飞机的时候朋友塞给他的，都没打开过。

"你要是睡不着试试这个。"许原野说道。

于星衍看见是蒸汽眼罩，眼睛亮了亮，立刻走过来。

他的眼睛都快酸死了，这下应该就能睡着了。

"谢谢原野哥！"男生的声音轻快了许多。

许原野淡淡地"嗯"了一声，翻过一页书，最后还是提醒道："打游戏不要熬通宵，对眼睛的损耗太大了。"

拿着蒸汽眼罩就要走的于星衍停在了原地。

看上去很有文化的"家里蹲"室友嘴里说出来的话一下子扎破了少年脆弱的自尊心。

谁说他是熬夜打游戏的!

于星衍都没有察觉到自己有些生气了,转过头,一字一句地反驳道:"我昨天通宵不是打游戏的,我是在看一本很好看的小说!"

许原野听到少年激烈的反驳声,有些莫名地抬起了头,他的重点是这个吗?

但是于星衍耳朵里显然只听到了这个。

看见男人不解的神色,他更生气了。

小说怎么了,难道只有哲学书才配欣赏吗!

于星衍像只河豚一样撑着腰,对着坐在沙发上的男人像炮弹一样噼里啪啦说了一通。

"这本小说叫作《陨星》,是在野写的。虽然是网络小说,但是写得非常、特别、超级好!因为很好看我才熬通宵的,不是为了打游戏!而且看这本小说我也能学到很多东西!"

听到少年的话,许原野一时间有些呆滞。

这小说名字有点耳熟啊?

作者的名字好像也有点耳熟啊?

好像,应该,大概……

说的，是他吧？

周六的早晨，嘉城新苑的小区内十分热闹，老人带着小孩在楼下散步玩耍，嬉笑声和温暖的晨光相得益彰。

许原野好整以暇地坐在沙发上，听着对面的小孩长篇累牍地吹捧着自己，非常受用。

于星衍噼里啪啦地说了半天，说得都口干舌燥了，却看见室友没有半点不爽的情绪，好像还很期待自己继续说下去的样子。

他这才反应过来自己好像又干傻事了。

于星衍拿着蒸汽眼罩的手指忽地收紧，死要面子地"哼"了一声，以一句"反正就是很好看，你可以去看看"收尾。

"好啊，有时间我会去看的，谢谢你。"

室友真诚地对他点了点头。

于星衍就像一拳打在了棉花上，浑身不得劲极了。

他愤愤地转身回了房间，继续看小说的心思也没有了，戴上蒸汽眼罩躺在床上，胡思乱想了一会儿，逐渐有了困意。

都说一日之计在于晨，在这个无数人忙碌奔波的早晨，于星衍憋着气睡了过去。

梦里的他化身小说里聪明又坚韧的男主，成功打倒了幕后的大反派，而那个反派长了一张室友的脸，一拳被他揍出了银河系。

开心得少年躺在床上直咂嘴。

5

　　许原野今天和李颐几个约了饭局，心情很好的他把今天的存稿写完，换了身衣服准备出门。

　　男人衣柜里的衣服多以舒适的针织衫、短袖为主，也不追求潮流，穿着觉得不错就会一直重复地买。

　　今天出门，他穿的是一件立领的黑衬衫，有点仿中山装的款式。

　　李颐的车就停在楼下，一辆黄色的法拉利，看见许原野从大厅走出来，李颐把墨镜摘下，用力地和他挥了挥手。

　　"野哥，这里！"

　　许原野面容平静地走过去，嘴里的话却是毫不留情，"瞎子都能看见你这车，用不着叫。"

　　李颐是从小和许原野一起长大的，身上就跟装了"许原野心情雷达"似的，一下子就感受到今天许原野心情不错。

　　他乐呵呵地给许原野打开车门，说道："野哥，今天天气晴朗啊？"

　　"还行吧，看见你就有点转阴了。"

李颐好久没有被许原野这毒舌攻击了，开心得就像斯德哥尔摩综合征患者一样，被人家骂了还觉得挺过瘾。

他欢快地把车开出了嘉城新苑，往自己家驶去。

今天他把大肥、韭菜还有许原野约在他家里打边炉，几个人好久没有这样一起吃饭了，他挺期待的。

一路上，李颐那张嘴就没停过，把嘉城现今的所有八卦都和许原野说了一遍。

许原野在外人面前不苟言笑，更不爱参与这些闲言碎语的讨论，但是在发小面前却是另一副样子。

"昨天周媛和祁家那小子的订婚典礼，周媛居然临阵逃跑了！你知道吗，祁隶站在那，脸青得和苦瓜一样，太好笑了……"

"周媛不逃跑才是脑子有问题。"

许原野划着手机屏幕，看着自己的高楼讨论帖下有人阴阳怪气地在那回复，披着自己的小号马甲上去发了一句"是荼毒，不是茶毒"。

他看着瞬间涌进来的嘲笑大军，没意思地按灭了手机。

"不过说真的，野哥，你现在在嘉城可是太火了一点，不知道是谁把你大学打辩论的视频发到了群里面，一下就炸开了。"

"你知道吗，你现在还有后援组织群，群名叫作'野哥亲亲老婆大团结'，快一百个人了！"

许原野听到这匪夷所思的群名，若有所思地抬眼看过去，"你这么清楚，你在群里？"

李颐迅速干咳着转移话题，"我们快点哈，肥肥和韭菜都已经把锅弄好了，该死的嘉城交通，红绿灯怎么多得和种萝卜一样。"

许原野却没打算放过他，"把我拉进去。"

男人的声音低沉又磁性，尾音向下，有种不容置喙的气势。

"拉……拉进哪里？"

"野哥亲亲老婆大团结。"

就算是心理强大如李颐，此刻都不免有一点发蒙。他握着方向盘的手微微发抖，结巴着问道："野哥，你进这个群干什么呀？"

许原野慢条斯理地重新按亮了屏幕，回答道："采风。"

一个红灯过后，许原野就已经被李颐邀请进入了"野哥亲亲老婆大团结"。群里有一百来个人，虽然不算特别多，但是大家都很活跃。

许原野的微信号是从来不发朋友圈的，头像也是普普通通的白色方块，名字是简单的"X-Y"，有点像坐标系。

他的进入没有引起任何人的注意。

群里面大家聊得正欢，拿着不知道从哪里扒出来的许原野正脸照讨论着。

小黄鸡：老公这个鼻子真的好挺啊！

兔子不在家：嘿嘿嘿，看这个轮廓简直爱了！

今天不吃饭：今天我去守株待兔，能等到老公吗？

许原野扶了扶眼镜。

有点意思。

同一时间，嘉城新苑的三居室内，戴着蒸汽眼罩睡过去的少年才悠悠转醒。

中午十二点，阳光炽热，把窗帘那一块照得一片金黄。

于星衍从床上坐起来，先是发了一会儿呆，然后拿出手机看了看。

王小川和叶铮在他们三个人的小群里疯狂叫他。

他们约了今天下午两点去打斯诺克来着。

明明离约定的时间还有两个小时，但是王小川和叶铮都深知于星衍的德行，两人回宿舍以后睡了一觉，睁开眼的第一件事就是提醒于星衍不要忘了时间。

好在于星衍醒了。

他把自己收拾了一番，穿上新买的小众潮牌短袖，踏上新鞋出门了。

于星衍和王小川、叶铮会和以后，三人吃了个茶餐厅，便悠闲地往室内聚会馆走。

六中的校服很好看，白衬衫版型并不松垮，穿在身上自有一股青春帅气的味道，学校还有一条专门的军绿色短裤用来搭配。

王小川和叶铮没有换自己的私服，穿着这套就出街了。

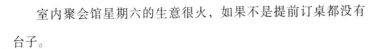

室内聚会馆星期六的生意很火，如果不是提前订桌都没有台子。

许多高中生模样的少年在里面打球，角落处也有几台拳王的游戏机，供大家放松。

三人低调地走进去，和老板确定了预约，他们的台子在角落，自己玩自己的，和其他人井水不犯河水。

于星衍的技术不错，少年弯下腰打球的时候，绷直的腰线流畅劲瘦，侧脸漂亮又冷淡。

馆里的女生或多或少都忍不住往这边多看几眼。

于星衍打得专心，完全没有在意别人的目光，浑然不知道自己马上就要被搅进一潭浑水里。

周围的气氛不知道什么时候开始焦灼起来。

和他们隔了半个场地的球桌旁，围了一群人。

于星衍一颗花色球入洞，满意地直起身，正准备挑选下一个进攻目标的时候，王小川已经凑到了那桌的人群外围。

女生的哭声隐约飘过来。

"许原景，你这样做实在是太过分了！"

和哭声一起响起的还有另一个尖锐的女声。

王小川疯狂用五官和叶铮、于星衍暗示有八卦，于星衍显然也被女生的声音吵到了，随手放下了球杆。

大家都在看着同一个方向。

视线中央的球桌旁站了几个人，两男四女，女生们来势汹汹的样子，但对面的两个男生好像都没什么反应。

一个男生倚着球桌站着，脸上全是不耐烦的神色。另一个则显得和颜悦色许多，还在出声安慰情绪激动的女孩。

想来那个不耐烦的男生就是许原景了。

许原景长了一张清俊的脸，也是女生们最欣赏的高冷寡言类型，和于星衍这种装出来的高冷不同，许原景的冷好像是骨子里沁着的。

就算面前站了个正在哭的漂亮女生，他脸上的神色也没有丝毫的松动。

许原景觉得自己真是倒了血霉。

他好不容易有一天休息时间，想出来放松一下，还遇到这种事。

洛楠是谁和他关系很大吗？谁规定他一定要教同班女生打球了？

也就是自己脾气好还能待在这听这几个公主病叨叨，要是他哥，估计早就不见人影了。

男生烦躁地解开衬衫领口，眼中的冷漠更加明显。

许原景和许原野这兄弟俩长得并不像，许原野更像许景山，眉目周正俊朗，气场天生强大，就算在高中也是无人敢靠近的类型。而许原景更像他的母亲，秀气许多，更符合现在女生的审美。

但是他们非常相似的就是天生反骨。

从来只做自己想做的事情。

看见许原景眼里的不屑，洛楠小声哭泣的动作停了一瞬。

她只看见过许原景在班里做题、上台领奖这一面。

如果不是闺蜜拉她来这里堵许原景，估计她永远不可能见到这样的他。

所以她欣赏许原景，想和他做朋友。

许原景看着面前像是傻子一样看着他出神的女生，还有非说他欺负人、不依不饶的几个聒噪女生，他只觉得头疼极了。

蒋寒隐隐嗅到一股许原景要暴走的味道，赶紧温声安慰道："好了好了，许原景也不是要针对洛楠，他就是这个臭脾气，你们先回去吧。"

"凭什么？我们偏要待在这，洛楠今天学不会我们就不走了！"

声音尖尖的女生长得也挺漂亮的，估计是以前从未受过委屈，见到蒋寒声音软，好说话，越发蹬鼻子上脸了。

蒋寒的笑容僵在了脸上。

旁边的许原景一眼就看见了站在另一边的于星衍。

是那天问路的高一新生。

许原景伸出手，朝着于星衍那边指了指。

"看见没，六中的。"

他瞥了眼小白花一样的洛楠，还有趾高气扬的尖嗓子女生。

"我是没希望了，那边那个，高一的，打得也不赖，加油。"

许原景也懒得继续在这里待下去，插着兜转身往出口走。

蒋寒保持着他得体的表情，轻笑了一声。

说完，他头也不回地走了。

徒留四个有些茫然的女生，回头朝着许原景指的方向看过去。

男生看上去年纪不大，皮肤白皙，身条很好，一双杏仁眼漂亮极了。

于星衍一瞬间成为人群中瞩目的焦点。

他挑了挑眉，不知道火为什么就烧到了他的身上。

这是第几次听见许原景这个名字了？

为什么室友晦气的能量这么强大，一个读音相似的名字都能让他倒霉。

于星衍气得在心里又骂了许原野几句。

在李颐家坐着的许原野打了个喷嚏，他揉了揉鼻子，继续在"野哥亲亲老婆大团结"的群里聊天。

李颐、大肥、韭菜坐在他的旁边，看着群里面的聊天记录，瑟瑟发抖着。

嘉城六中的上课铃是交响乐曲，激昂的鼓点和哨声响起的时候，高一（1）班的所有同学已经坐在座位上了。

早自习七点四十五开始，今天是英语早读，课代表站在讲台前拿着英语书，带着大家读单词。

这是正式开学的第三天。

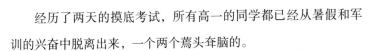

少年游

Stars and Fields

经历了两天的摸底考试，所有高一的同学都已经从暑假和军训的兴奋中脱离出来，一个两个蔫头耷脑的。

嘉城六中的传统就是摸底考试出的题非常难，为的就是给所有还沉浸在假期里的学生当头一棒。

显然，这棒敲晕了不少人。

但是不包括正坐在座位上昏昏欲睡的于星衍。

他的成绩向来不错，摸底考试的前一天又突击复习了一下，感觉这次考得还可以。

他把英语书支着，缩在书的后面困倦地打了个哈欠。

座位是老师按照身高排的，他旁边坐了一个不认识的男生，王小川坐在他这组的最后一排，而叶铮则坐在他的斜后方。

摸底考试的答案已经发了下来，不少人无心英语早读，正紧张兮兮地对着答案算分数。

于星衍熬了几夜，终于把《陨星》看完了，没有对答案的精神，只想着能眯一会儿是一会儿。

他的同桌戴了一副很大的黑框眼镜，头发是军训的时候统一剃的小寸头，颧骨有点高，脸很长，看起来有些刻板，还有些呆。

男生时不时就瞄一眼打瞌睡的于星衍。

他和广大高中生一样，喜欢逛贴吧，自然是知道自己这位还没有开学就已经颇有人气的帅哥同桌。

他细细地打量了一下同桌光滑白皙的皮肤，摸了一把自己布满青春痘的脸，酸溜溜地"哼"了一声，撇过头继续对答案。

早读在于星衍的昏睡中结束，第一节课是班会课，早读一下，大家便窸窸窣窣地讨论起来。

　　"听说这次来我们班交流的是高三（1）班的许原景！就是那个蝉联了三年第一的学霸校草！"

　　女生激动的声音很快就传到了于星衍的耳朵里。

　　王小川一下早读就蹿了过来，半蹲着趴在于星衍的课桌旁，全然不顾自己庞大的身躯堵住了过道。

　　"衍哥衍哥，别睡了，重头戏要来了！"

　　他那张胖胖的脸上满是兴奋的神色，"六中的保留项目，高一新生开学的时候会有高三对应班级的学长学姐来传授学习经验，高三（1）班确定的人选好像就是许原景！"

　　怎么又是他啊！

　　教室里的空调开得很猛，冷风呜呜直吹，于星衍扯过自己的校服外套盖在脑袋上，企图当一只乌龟。

　　王小川伸手去扒拉他的衣服，"衍哥衍哥，别睡了，振作起来，这可是关乎六中校草会不会改名换姓的一战啊！"

　　叶铮不知道什么时候也溜达过来，抱手站在一边，捧哏道："区区六中校草，衍哥哪看得上啊。"

　　这两个挨千刀的！于星衍迅速把衣服一掀，板着脸直起了身。

　　"那天祸水东引的账我还没和他算呢，居然又自己找上门来了。"他从牙缝里阴森森地挤出一句。

　　坐在他旁边装作对答案的眼镜男悄悄地竖起了耳朵，想要更清楚地听八卦。

于星衍居然和许原景认识?

眼镜男和于星衍三人这种从其他学校来六中的外来户不同，他是从六中初中部直升的，和许原景一样。

许原景的大名可是他从初——一直听到现在的，可以说是六中无人不知无人不晓的人物。

他看了眼满脸睡意的同桌，心里不屑极了。

不过是个小白脸罢了，还敢和景神竞争，也不看看人家景神的成绩。

大家都是 1 班的学生，对自己的成绩向来自负，眼镜男下意识地觉得于星衍这种娇气包的样子也考不出什么好成绩。

于星衍三人自顾自地聊着天，没人去在意眼镜男的脸色。

预备铃很快就打响了。

班主任老陈的身影从窗户旁掠过，后面跟着一男一女两个学生，班里的同学们纷纷伸长了脖子去看，像一群钻出洞望风的鼹鼠。

"哇，真的是许原景，太帅了！"

"许原景旁边那个女生是谁？还挺漂亮的……"

"是洛楠吧，好像是六中校花？"

"洛楠算什么校花啊，崔依依难道不比她漂亮吗！"

"崔依依是艺术生嘛，洛楠人家年级前十，你不知道吗……"

信息时代，新生们早早就通过各种渠道打听到了学校里那几个风云人物的各种八卦。

吵死了。

于星衍把外套往脑袋上一盖，只露出半张脸在外面。

桌子上已经被他用各种学习资料搭了一个"堡垒"，呈门字形，他趴着的时候只能看见他的脑袋尖。

可是这只能阻挡一部分视线，阻挡不了那些八卦的声音继续飘到他的耳朵里。

于星衍额头青筋一跳。

这个许原景算什么玩意儿？

是可忍，孰不可忍。

上课铃打响的那一刻，班主任老陈带着来自高三（1）班的两位学生走了进来。

打头的是许原景。

男生面容清俊，肩宽腿长，走到讲台上的那几步都和走秀一样。

而后面跟着的女生，就是台球事件的另一位当事人洛楠了。

女生披着一头柔顺的黑色长发，骨架很小，身上有一股弱柳扶风的气质，双眸剪水，我见犹怜。

确实是个漂亮姑娘。

于星衍见过的漂亮女生多了，早就已经免疫，他兴趣寥寥地打了个哈欠，心里还记挂着在野的另一本小说《扶山》。

只看了个简介，他就已经迫不及待地想要看下去了。

可惜学校里用手机还是不方便，于星衍已经下单买了全套实体书，打算带到教室慢慢看。

主题是"薪火相传"的演讲正式开始。

幕布上，演讲人的位置清清楚楚地打着"许原景"三个字。

于星衍无聊的目光在看见那三个字的时候忽地一僵。

许原野……

许原景……

怎么读，怎么觉得像。

于星衍慢慢直起腰，他把外套塞进桌洞里，目光死死地锁在讲台上做演讲的男生脸上。

从外表来看，这个拽得二五八万的男生和自己的室友长得并不算相像，而且他们的气质也不太像。

但是于星衍就是感觉他们身上有着同一股味道——一股欠扁的味道。

但是他总不能冲上去问许原景有没有哥哥吧？

说到底，关他什么事啊。

于星衍烦躁地靠在椅子背上看着许原景讲述自己的学习方法。

男生的声音如同流水激石，清而洌，和室友那种沉稳厚重的声音差了十万八千里。

而且那些八卦里不是说许原景家里很有钱吗，那他哥也不至于沦落到要出来和别人合租且没有工作的地步吧。

于星衍把猜想在脑子里过了一遍，最后还是决定放弃。

他也不知道自己什么时候会结束合租，探究别人家的事着实没有必要。

班会课的时间在演讲完以后只剩下了十五分钟，进入了提问环节。

不少人站起来提问，有问正经问题的，也有男生打趣地问许原景能不能给联系方式。

"学长，我们班所有人都想要你的微信呢！"

底下一阵哄堂大笑。

许原景站在讲台上，倒是没有像那天在馆里那样不近人情，他轻笑了一声，转身在黑板上写下了自己的微信号。

"你们可以加，我不一定通过。"

于星衍头一次遇到比自己还拽的人，很是看不惯地冷哼一声，转过了头。

过了一会儿，他又把那串微信号随手写在了自己的本子上。然后他把笔甩开，"哐唧"一声靠回椅背上。

眼镜男已经动作迅速地发了好友申请，看到同桌这副不爽的样子，阴阳怪气地开口道："那么看不惯景神，记人家微信号干什么？人家又不一定加你……"

于星衍好笑地抬起头，看了眼镜男一眼，迅速打开好友申请，输入了那串微信号。

备注：于星衍，在馆里被你坑了的那个，给个说法？

讲台上，身边围了不少学弟学妹的男生看到这条好友申请，挑了挑眉。

过了一秒，好友申请通过了。

JING：我已经通过了你的好友申请，我们可以开始聊天了。

于星衍懒懒地拿着手机，把屏幕晃到眼镜男的脸上，"看见没？通过了。"

眼镜男看了眼自己明明早就已经发送，但是迄今没有回音的微信，脸慢慢涨红了。

于星衍收回手机，在聊天框那里打字。

YXY：利用我一次，我利用回去，兄弟。

YXY：不是什么大事，气气我同桌。

YXY：88。

打完，他找出删除联系人的页面，再次放到了眼镜男的面前。在眼镜男的注视下，摁下了那个红色的按钮。

于星衍恶劣地朝眼镜男笑了一声，说道："看见没，删掉了。"

眼镜男心中吐槽：这是魔鬼吧！

第三节课出完操后，是十五分钟的大课间时间。

学生们漫步在校园内，有的去小卖部买零食，有的三五成群找个地方闲聊。

许原景和蒋寒绕过一群踢毽子的同学，走到艺术楼的小角落里。

蒋寒伸了个懒腰，对许原景说道："你这次作文五十八分，太强了，不愧是被大文豪开过小灶的人。"

想到这个，平日里脸上总是冷冰冰的许原景也难得露出笑意。

"是我哥厉害。"他想起许原野，语气都不禁带上了几分崇拜。

"我哥当年在学校里就没有拿过第二。"

他读初三的时候，许原野就已经大一了，但是许原野的传说在他们这群人里依旧响亮。

六中的初中部和高中部并不在一起，只有搞大活动的时候他们才会到高中部去，他每次在学校里见到哥哥，都是新年音乐晚会。

新年音乐晚会是六中最盛大的活动，许原野会拉小提琴，当时是管弦乐团的首席，他坐在台下往上看，只觉得哥哥离他很近，又很远。

他那时候总想着，如何能够像许原野一样厉害就好了。他努力学习，但是偶尔还是会考第二，有许原野的明珠在前，许蒋山眼里总是看不到他的努力。

很久以前许原景也曾经嫉妒过，为什么自己的哥哥这么优秀，优秀到父亲都看不见他。但是在他钻牛角的时候，难过的时候，给他劝解和宽慰的，却是那个他嫉妒的哥哥。

慢慢地，他也长大了，看着自己的哥哥依旧优秀，也依旧坚定。

坚定自己所走的道路，寻求自己所要的自由。

现在的嘉城六中，离许原野的时代已经很远了，就连老师也

不再提起曾经那个耀眼的少年。

他来嘉城六中，除了蒋寒以外，没有告诉任何人许原野是他的哥哥。

高一的时候，他还会偶尔听见老师们提起许原野的名字，笑着调侃他，是不是有这么一个哥哥。

但是他都否认了。

他既不想当许原野的影子，也害怕自己的名字和哥哥的名字一起出现，他惶恐于老师称赞他的优秀，因为他觉得，自己离许原野做到的程度还有很远。

初二的时候，许蒋山出差不在家，他站在二楼的露台上，因为许蒋山选择出席许原野的家长会，想着干脆就放弃吧，当个颓废的人或许更容易，他拿出一根烟和一个打火机。

他还记得阳台上的风很大，打火机燃起的火苗被吹得歪倒，他根本没办法点着烟。

许原野走到了他的旁边，看着他笑了笑。

"小孩，都学会偷偷抽烟了？"

许原野伸手拿走了打火机，摸摸他的头，"如果成年以后想试试，我教你，但是现在不行。"

沉浸在回忆中的许原景靠在墙上，一时看不出表情。

蒋寒站在他的旁边，拍了拍他的肩膀。

"许叔叔和你说什么了？"

许原景扯了扯嘴角，自嘲道："还能有什么，让我不要学我哥，让我放弃物理，让我读经管，以后接管公司。"

小时候，他妈妈总和他说，要努力，更努力，这样以后才能从你哥手上分到一杯羹。

后来，许原野却直接把一整块蛋糕扔给了他。

他的哥哥不屑，也不需要。

如果是他，凭借自己的努力，能够在大学毕业的时候全款买下九湖畔的别墅吗？

许原景知道，自己做不到。

他也想像许原野一样挣脱束缚，自由地活着。

可是他却只能沉默地听从许蒋山的话，他在许蒋山的面前就像一只绕着手心转圈的小蚂蚁，无论学习成绩再好，都是小孩。

而许原野，却早就长大了。

学校里的那些赞美，身上的那些荣誉，在许原景的心里都掀不起一点波澜。

这些都不如他见到许原野的时候，听见哥哥说一句"长大了"来得开心。

蒋寒看着好友复杂的脸色，叹了口气，和他一起枕着手臂靠着墙。

"有些时候，都不知道你有许原野这么个哥哥是好事还是坏事。"

明明已经是别人眼中的天之骄子了。

许原景笑了一声，"是好事啊……他让我知道，山有多高。"

让他不会因为眼前的成绩而骄傲自满，让他永远向上看。

6

上午最后一节课的下课铃敲响，同学们再难按捺躁动的心。

有些班级的老师还在拖堂，也有的老师早早挥手放班里的同学去吃饭。

于星衍三人从教室里出来的时候，太阳刚好从云层间露出了脸，炽热的阳光洒在身上，皮肤仿佛都要被烧着了似的。

上午语数英的成绩都出来了，老师趁着发卷子的工夫认脸，把同学一个个喊到讲台拿卷子。

这让于星衍的同桌眼镜男过了一个坐立难安的尴尬早晨。

他做梦也没有想到，这个看起来不像是好学生的同桌，居然比中考省里的第一名陈正威考得都好，拿了三个单科第一名。

而且都是甩了他一大截的高分。

虽然还有剩下的六科没有出成绩，但是他已经不敢继续嘲讽于星衍了，恨不得坐得离他远一点。

叶铮坐在他们斜后面，把这一切收入眼底，正绘声绘色地和王小川描述，王小川听了咯咯直乐，当事人于星衍则打了个哈欠，只想要快点吃完饭回去睡一会儿。

星野

开学这一个星期是学校学生会、团委以及社团的宣传招新周，不同组织的海报贴满了学校的宣传栏，各有特色。

六中的学生组织是出了名的丰富、自由、活动多，去吃饭的路上，不少同学挤在路边的宣传栏旁边看海报，叽叽喳喳地讨论着要参加什么社团活动。

王小川和叶铮笑完眼镜男，也开始讨论起社团来。

"篮球社？天文社？好像还有个电竞社不知道是不是真的！"

"我想去音乐社，漂亮小姐姐多。"

"去音乐社你不如去街舞社，街舞社全是美女啊。"

"衍哥，你想去哪个社团？"

于星衍懒懒地开口道："有没有那种不用参与活动，可以躺着拿学分的社团。"

"我看看……"

"哲学研究社好像挺符合你的要求的，纯看书，没啥活动！"

"你觉得我看起来像是喜欢研究哲学的人吗？"

"嘿嘿，是不太像啦。"

从高一教学楼走到饭堂有一段很长的路，要穿过男女生宿舍和教师宿舍，好在一路上都有屋檐遮挡，不然热都能热死。

南川的天气，九月份依旧炎热，蝉鸣声未消，浓绿的行道树挺立在校道两侧，为同学们投下一片阴凉。

就在大家慢吞吞地在校道上走着的时候，一群打扮得很酷的同学脚下不知道踩着什么，唰一下就从于星衍三人旁边滑了过去。

"哇——这是什么啊？"

新生们转过头，看着那群潇洒帅气的学长学姐们，眼睛都亮了。

那群同学里打头的是一个长发女生，长相漂亮英气，她两只脚底下踩着漂移板，在快要到食堂门口的时候双腿向后用力，利落地停住了滑行的动作，把脚底下的漂移板拎起来装进肩上的背包里。

"天啊太厉害了吧，轮滑社吗？但是轮滑不是鞋子吗，这个是一块板！"

"好方便啊，这样子老师拖堂都不害怕没饭吃了……"

大家你一言我一语地讨论着。

于星衍看了眼旁边的王小川，小胖子的眼中此刻闪着兴奋的光芒，就差没直接刻"我要学这个"在脸上了。

"衍哥衍哥，这个太酷了，我们去参加这个社团吧！"

他展开手中的社团宣传册，翻了半天都没有翻到一个类似的社团。

"怎么没有……"王小川焦急地找着，"为什么上面没有啊？"

于星衍的目光投在那群踩着漂移板的学生身上，他眯了眯眼睛，敏锐地发现里面有一个熟悉的身影。

是那天在馆里，跟在许原景旁边的男生。

就在他打量蒋寒的时候，从操场那边走来了另一个熟悉的身影。他手上还拿着快递盒子，不紧不慢的步伐，冷得和别人欠他钱一样的拽脸——是许原景。

王小川显然也看见了，他指着那边叫了一声，"那不是许原景吗？他朋友是这个社团的啊？"

仗着今天早上许原景来自己班做了演讲，王小川行动力满满地就往前冲。

"许学长！等一下，等一下——"

小胖子身形敏捷地蹿了过去，把正准备进饭堂吃饭的蒋寒和许原景叫住了。

于星衍甚至都还没来得及阻拦，他和叶铮面面相觑了一秒，最后只能认命地跟了过去。

"是你们啊。"

蒋寒拿着手中的漂移板，露出了一个灿烂的笑容。

"又见面了，小帅哥。"

这句话，是对着于星衍说的。

于星衍站在王小川后头，摸了摸鼻子，没说话。

王小川的交际能力是三个人里最强的，嘴甜得要命，"这位学长，你刚刚玩这个的动作实在是太酷了，我真的是一眼就爱上了！你们这是什么社团呀，怎么参加？"

蒋寒看见这喜庆的小胖子恭维自己，也不觉得尴尬，很是得意地回道："我们是个神秘组织，不公开招新的哦。"

王小川一拍手掌，戏剧化地叹息道："那我不是和这么酷的组织没有缘分了？太难过了！"

蒋寒笑眯眯地看了王小川一眼，又看了看他身后的于星衍和叶铮，语气促狭道："也不是没有缘分，我可以介绍你们加入，不过我们社长是个颜控，如果这位小帅哥进来，你们应该能一起通过。"

许原景本来是站在他旁边发呆的，一听到蒋寒搞事情，眉头一皱，手肘扬起倏地就给了一肚子坏水的蒋寒一下。

蒋寒被许原景打得内伤，他努力撑住脸上的表情，继续说道："怎么样，考虑一下？"

这还用考虑吗！王小川立刻拿出手机点开微信二维码送过去，"没问题没问题，我们保证一起参加！"

被代表的于星衍一时也不知该不该开口，不过谁告诉他自己要参加了啊？

转瞬之间，王小川就和蒋寒交换了微信，蒋寒龇着牙和他们告别，转身往食堂走。

许原景拿着快递，脸黑得和锅底一样。

"社长是个颜控？"

"又没说你，我说的是崔依依，崔依依难道不是颜控吗？副社长不是社长啊……嘶，你下手可真够重的，本来就要纳新，这仁小子我看不错，你反对个什么劲啊……"

蒋寒捂着腰，咕哝道："不就是因为漂移板是你哥带的头吗，控制欲真强。"

晚上六点，嘉城的夜幕刚刚降临。

于星衍回到嘉城新苑的时候，手里提了一对漂移板。

这板子还是那位热情的颜控崔依依学姐借给他的。

他都不知道自己为什么莫名其妙就上了这艘贼船，但是既然开始了，他的自尊心就不允许自己比王小川晚一点学会滑这玩意儿，所以他把漂移板拎回了家，想着晚上再练习练习。

许原野正好做完了菜，从厨房里端着青菜走出来，一眼就看到了于星衍手中拎的那对漂移板。

现在六中还有人在玩这个吗？

男人撑着餐桌，朝于星衍说道："你手里拎的是什么？"

于星衍看了眼"面色好奇"的许原野，在心里嗤笑，这下你就不知道了吧！

"这是漂移板，全球最小最轻的滑板，滑起来可酷了。"男生骄傲地介绍着，浑然忘记了自己还没学会滑漂移板的事实。

许原野恍然大悟般长长地"哦"了一声，又问道："那你不是很厉害？滑一个让我看看吧，这个怎么玩啊？"

于星衍干咳了一声，欲盖弥彰地解释道："我上次崴了脚还没好全，好全了再滑给你看！"

　　然后他飞快地拎着漂移板跑进了房间，仿佛后面有狗在追一样。

　　嘉城的暴雨总是来得猝不及防。

　　晚上九点，浓墨般的天幕上见不到一颗星星，就连月亮也被掩盖在了厚重的乌云之后。在小区内散步遛狗的人们纷纷打道回府，随着一声惊雷炸响，豆大的雨点砸向了这片土地。

　　风雨摧折着树枝，树叶窸窸窣窣发出了哀鸣，于星衍摘下耳机，走到窗边把玻璃窗户拉上，劲风穿堂的呜咽声减弱了些许。

　　刚开学作业并不算多，于星衍提前预习完后面的课程，时间也不算太晚。

　　他端起自己的水杯，打开房门，打算去接一杯水。

　　静谧的客厅里只亮了一盏廊灯，昏黄又幽暗。

　　于星衍端起水壶，淅沥的水声和下雨声交织在一起，显得环境更加幽静。

　　他舔了舔有些干的嘴唇，"咕咚"一声喝下一大口水。

　　他转头往阳台上看去。

　　闪电在云层中隐现，光芒乍起，男人站在阳台的栏杆前，面容在夜色里晦暗不明，闪电的白芒照亮了他的侧脸。

　　于星衍停住了脚步，心头莫名一跳，好像被一只无形的手攥住了心脏，呼吸骤然发紧。

此刻的男人更像一头蛰伏在黑夜里的野兽，身上侵略性极强的气场全数铺开，就算他站在客厅里看去，都不免被那浓得化不开的阴郁气场所影响。

于星衍心里不禁再次浮现出那个百思不得其解的问题。

室友到底是做什么的呢？

在他的身边，算得上熟悉的成年人除了父亲，应该就是舅舅周叶了。以他们为样本去参照自己的室友，于星衍总是觉得，室友看起来不像是一个没有工作的人。以他浅薄的社会经历和识人经验，于星衍只能模糊地感受到一点许原野身上的复杂和深沉。

他端着杯子，看着阳台不知不觉就出了神。

风雨不停，雨势甚至还有愈演愈烈的架势。

室友这样站在阳台上，难道不会被淋到吗？要是他，估计早就躲回房间里享受空调了。

南川的气候本就湿润，就算是夏天空气都是闷而湿的，暴雨一来，更是让身处其中的人感觉像浸泡在水里，黏糊糊的，很不舒服。

许原野回过头，看见的就是穿着白色衬衫的少年呆呆看着自己的场景。

他刚刚写到一个卡住的情节，刚好外面又下了大雨，于是便出来找找灵感。

可惜看着这疾雨骤风的景色，他依然找不到那个关键的点，

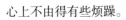
心上不由得有些烦躁。

小朋友忽然闯入他的视线，身上是客厅廊灯温柔的一点暖黄。许原野转身靠在栏杆上，雨点砸在他的后背，濡湿了发梢，但他也不太在意。

他朝小朋友招了招手。

"过来。"

男人的嗓音带着些沙哑，沉得和此刻的天色一样，虽然慵懒，但是让人感觉不可抗拒。

于星衍抓着杯柄的手紧了紧，他在心上纠结地打着鼓点，把唇瓣咬得泛白。

有点可怕。

他的脑海中飞快地闪过了"合租杀人案""潜伏在身边的杀手"这种荒诞又诡异的情景，总感觉自己要是走过去，会被一口吃掉。

但是，他的腿却不听自己的使唤，就那样慢吞吞地挪到了阳台旁。

"原……原野哥。"他朝许原野打招呼。

"做完作业了？"

"做完了。"

"要是有不懂的，可以来问我。"

许原野有一搭没一搭地和于星衍聊着天。

于星衍听到许原野的话，悄悄地鼓了鼓脸。

他的成绩很好吗，真的拿题去问这个"家里蹲"，他能回答出来吗？

等他再抬眼看男人时，又觉得男人这副淡然自若一切皆在掌握之中的样子，应该是能答出来的。

"原野哥，我有一个问题……"

啊！

该死，怎么就问出口了……

于星衍脸颊烧了起来，为自己的不小心感到尴尬。

许原野轻轻笑了笑，说道："问。"

"那个，你不需要去上班的吗？"

于星衍到底还是把自己这么多天的疑惑说出了口。

居然是想问这个啊。

许原野挑了挑眉，干脆地回答道："没有工作啊。"

算起来，他做的事情确实不算"正经工作"，就连工作室那边，他都已经是挂名老板了，不怎么插手运营。

还……还真的没有工作啊！

于星衍干咳一声，说道："这样啊，但是能租得起嘉城新苑的房子，原野哥应该也挺有钱的吧。"

许原野的语气愈发促狭了，"没有啊，我很穷，现在在吃老本。"

于星衍不禁在心中吐槽和成年人聊天怎么这么难。

于星衍重新穿好拖鞋，往后退了一步，有点想要回房间了。

"原野哥，我……先回房间了。"

许原野点点头，和小朋友聊了几句，感觉心情都变好了些许。

当然，这都是以小朋友的尴尬和难受作为代价的。

许原野不再逗弄小朋友，看着于星衍离开的背影，他重新把背慢慢靠回了栏杆。

雨势在两人交谈间小了些许。

男人脸上不知道什么时候出现的笑容又慢慢收了回去。

滴答……滴答……滴答……

阳台屋檐上的水珠滴落在楼下的遮雨棚上。

暴雨来得急，走得也快。铺天盖地，不讲道理地淹了小区里低洼的路后，乌云又随着风慢慢消散了。

雨势停歇，小区里又重新响起了小孩的呼喊声。

不少穿着雨衣的小孩冲了出来，在那些暴雨过后的水坑里跳来跳去，然后被追过来的家长抓回去睡觉。

许原野冲了个热水澡，换了身衣服。

他突然想喝牛奶。

男人给自己冲了杯牛奶，加了一勺糖，男人端着杯子回到了卧室。

他重新点亮电脑屏幕，文档里的段落此刻已经有了下文。

封野睁开眼的时候，发现自己躺在无际的雪原里。新日历九十七年，地球的天气已经不能用四季来区分，像朝塞城这种没有管控的边际城市，没有人知道下一刻会迎来怎样恶劣的气候。

他呼吸得很艰难，喉管里有股涩人的腥味，嘴巴似是干裂了，木木地作痛着。全身上下仿佛被碾过一般，五脏六腑都在喧嚣着疼痛。

外出打猎遇到突至的暴雪，没有死已经是最大的幸运了。

封野动了动手指，慢慢地调动起身体里仅存的一点力气，挣扎着想要坐起来。

就在这个时候，有一个温热的东西触到了他的指尖，封野被冻得僵硬的脸做不出表情，但是他的全身已经紧绷了起来，就像弦上蓄势待发的箭。

封野坐了起来，他的手指探向怀中的匕首，朝刚刚躺着的地方看去。

那是一只淌着鲜血的手，被雪粒掩埋了大半，但是并不深。

一个面容漂亮的少年倒在那里，身上衣服的材质是封野在城里贵族身上见过的棉布，少年看着他的眼睛瞪得大大的，像一只从温室里跑出来，误入了此地的脆弱小动物。

少年显然没了力气，说话的声音也很小，但是对于五感敏锐的封野来说还是听得很清楚。

他说："救救我。"

"咔嗒"一声，回车键按下。

许原野靠回椅背上，端起牛奶抿了一口。

叫什么呢?

他向来懒得想名字，前两部小说男主一个叫徐原，一个叫李暮。思虑片刻，许原野拿起笔，在手边的稿纸上龙飞凤舞地写下了两个字——简星。

7

嘉城六中的改卷速度很快，星期四的下午，成绩就已经统计出来了。

午睡过后，同学们三三两两回到了教室。

嘉城六中的铃声都是交响曲，中午的曲子比较激昂，为的就是把沉浸在困倦中的同学彻底叫醒。

在激昂的交响曲中，班长陈正威拿着成绩条回到了教室。

班委选举在军训前的那个晚上就已经进行了，彼时大家都不太熟悉，基本上是愿意当的就能选上。陈正威从小到大都是班长，高中的时候也不会例外。

陈正威和于星衍的同桌一样也戴着黑框眼镜，十个戴眼镜的男生里有九个都戴着差不多的款式，面容很普通，说不上丑也说不上帅。

他面色很差，身上阴云沉沉的，拿着座位表一个个地发着成绩条。

于星衍不是住宿生，中午却也懒得回嘉城新苑睡觉，和王小川、叶铮两个人去了漂移板社团的活动室待着。

漂移板社团作为一个一直都没有通过学校审核的"幽灵社团"，按理来说应该是没有社团活动室的，但是挂名社长许原景曾经是学生会的会长，便留了一间教室给漂移板社团用。

艺术生学姐崔依依常年在那里出没，她是学架子鼓的，集训地点就在嘉城六中旁边，所以基本上白天还是在学校上课。

崔依依看多了许原景那张臭脸，倏忽见到一个帅气可爱的小学弟，直接把于星衍三人大包大揽地加进了漂移板社团，带着他们在艺术楼的楼道里练了一中午的漂移板。

于星衍对自己的学习能力很是自信，但是这次却被这两块小板子打击得不轻。

漂移板没有固定措施，比滑板更加灵巧，两只脚下一边一个，小方块的形状，底下有两个轮子，操纵起来特别困难。

于星衍这个中午除了欣赏王小川和叶铮的一百零八种翻车方式以外，毫无进步。

结束中午的训练，他和王小川、叶铮绕去后门取了个快递，又去超市买了点吃的，几乎是踩着预备铃踏进教室的。

一进班门，于星衍就被投向他的目光弄得皱了皱眉。

班里已经差不多坐满了人，个个都在看他。

预备铃恰好响起，于星衍有些不解地想他这也没迟到啊。

王小川吸溜一口冰沙，在他的耳边小声说道："衍哥，是不是成绩出来了？"

于星衍看见有个小板寸头正在瞪自己。

他对记人脸不上心，就算上次王小川给他介绍过，他也没想起来这人是谁。

但是他对成绩还是在乎的，这次摸底考试他考完感觉很好，对完答案基本上心里就有了底，只差最后的结果公布。

于星衍稍微加快了步伐，走到座位旁边，把沉重的快递放在地上，一眼就看见了桌面上的成绩条。

D101 于星衍，年级排名：1，班级排名：1。

嘉城六中的六个年级以 ABCDEF 代称，高一（1）班就是 D1，而于星衍又是班里的 1 号，再加上后面年级排名和班级排名的两个 1，成绩条上面就是一连串的 1。

让人看了很是赏心悦目。

虽然早就预估到了这次的排名会很不错，但是拿了年级第一，于星衍还是有点意料之外的。

毕竟他的中考成绩在班里最多排到前五。

但是这点开心还不足以让于星衍的情绪产生太大波动，面上依然是滴水不漏的平静。

他的同桌眼镜男已经看过于星衍的成绩条，此刻桌面上除了一本化学书什么都没有，想来是把自己的成绩条藏了起来。

眼镜男想起昨天自己的挑衅，既尴尬又难堪，一个班五十个人，他排三十二名，和于星衍简直就是喜马拉雅山和东非大裂谷的差距。

但他还是忍不住悄悄看向自己的同桌，想知道拿了年级第一以后这个嚣张的家伙会有什么反应。

眼镜男努力地维持着朝向黑板的姿势，用眼尾的余光去瞟于星衍，整个人看起来僵硬极了。他看到他的同桌看了眼成绩条，便把那白色的小长条团成团扔进了笔盒，然后拿出了一把裁纸刀，开始……

开始拆起了快递？

眼镜男不甘心地又看了一眼，于星衍已经拆完了快递，开始往外拿东西了。

一本，两本，三本……很厚的书。

眼镜男的警报灯立刻亮了起来，这才刚刚开学，学霸们就已经购买秘籍练习册了吗？还是什么提高阅读量的外文原版书籍？

他自以为天衣无缝地往左侧挪了一点，把头转了小小的角度，然后朝于星衍的手上看去。

书籍封面是重峦叠嶂的山峰，上面有两个霸气潇洒的毛笔大字——扶山。

眼镜男差点从座位上跳起来。

他的同桌，这个嚣张的小白脸，居然也看《扶山》？

这可是他最喜欢的网络小说，还咬着牙大出血订阅了全文，要知道，平时他都是看免费文的，只有《扶山》他花了真金白银去支持。

更让他震惊的是于星衍一本一本地往外掏，足足掏了十册出来。

原来这个快递箱里装的是《扶山》精装版的全套小说，眼镜男曾经犹豫过但是因为高昂的价格舍不得买。

如果他没有记错的话，这套的扉页上还印了在野的签名，虽然不是手写版，但是已经很不错了。

眼镜男自己都不知道，他的半个身子都已经探到了于星衍那边。

于星衍拿着书，身体往后仰了三十度角，冷冷地提醒道："你是想和我换座位吗？"

眼镜男的面色唰地涨红了，迅速地把探出去的身子收回，动作大得带动了椅子，在地面上发出了尖锐的声音。

上课铃响。

化学老师是个"地中海"男人，穿着一身像抹布一样的"道袍"走了进来，中气十足地喊了一声。

"谁是于星衍？"

于星衍放下手中的书，站了起来，"老师好。"

男生穿着和别人一样的白色衬衫，配着军绿色的校裤，皮肤白净，身形消瘦。

江湖人称"刘大仙"的化学老师看了他一眼，满意地点点头。

"以后我的课你可以想听就听，下次还考九十八，随便你干什么！"

眼镜男惊呆了。

于星衍挑了挑眉，应声道："是，老师。"

他自觉地坐下，一副"你让我不听我真的就不听"的拽样，拆开了《扶山》第一册的透明薄膜，拿着小说看了起来。

眼镜男坐在他旁边，像猴子一样焦躁地挠着头。

刘大仙讲课和他的名字一样飘忽，如果不是1班的学生底子都很好，估计都跟不上他这云里雾里的进度。

眼镜男现在的心思全然不在听课上，他纠结了半天，最后还是忍不住和于星衍搭讪道："于星衍，你好，我叫周谦。"

于星衍听他在那挪了半节课椅子，早就不耐烦了，冷冷地"嗯"了一声算作回答。

周谦舔了舔唇，小心翼翼地问道："那个，你的《扶山》，能不能借我看一下啊，我会很小心的，绝对不给你弄坏。"

于星衍缓缓抬起了头，脑袋上冒出了一个问号泡泡。

周谦讨好地对他一笑，"我是在野的粉丝，听说精装版有特别番外，我想看一下……"

昨天这小子不还横眉冷对地看着他呢吗？

但是看在他也喜欢在野的分上……

于星衍找到最后一册，一言不发地放在了周谦手上。

化学课上，刘大仙兀自沉浸在自己的方程式配平法中，底下的人茫然的茫然，自学的自学……看小说的看小说。

"所以，因为在野，周谦还和你道歉了？"

放学后，王小川和叶铮陪着于星衍走到校门口，对周谦的转变颇为震惊。

于星衍也很无语，他整个下午都没能好好看小说，光听周谦在那一直说他的观书感想了。

原来同一个作者的粉丝也不是都能拥有一致的情商和智商的。

"随便吧，总比他天天惹事挑衅我强。"于星衍站在大门的刷卡机旁边，拿出了自己的校卡，"行了，你们去吃饭吧，晚点食堂没菜了。"

看着好友即将奔向自由的天地，王小川哀怨地叹气道："真好，你又可以回去吃神厨的大餐了。"

鉴于于星衍怎么都不肯透露合租室友的名字，王小川和叶铮只能给他取了个"神厨"的代称。

于星衍得意地轻哼一声，正要刷卡，一个熟悉的身影就刷地滑了过来。

"小星星、小川川和小叶叶你们好啊！"

轻快爽朗的女声在他们耳畔响起。崔依依笑眯眯地停下脚下的漂移板，和他们打招呼。

女生留着一头及腰的黑色长发，眉眼英气又好看。

崔依依道："老远就看见你们了，我刚刚找到了一对买了还没用过的漂移板，小星星，先给你用。"

她从包里拿出了一对粉色的全新漂移板。

于星衍看了眼那个刺眼睛的粉色，并不是很想接过去……

但是道高一尺魔高一丈，崔依依其人连许原景这种冰山人物都能制得住，更何况假高冷的于星衍呢？在崔依依"关切"的目光下，于星衍只能伸手接过了这对粉色漂移板。

"你们要加油练习哦，要是学会了，周末就可以和我们一起出去刷街了。嘻嘻，好久没有生面孔了，期待你们的加入，狠狠给我长长脸！"

崔依依身上有一种亲切的魔力，和洛楠那种端着的小白花不同，崔依依更像是和煦的暖风，随性又爽朗。

她食指中指并起，放在额头边挥了挥，和三人作别，然后刷卡踏上漂移板一下子就不见了。

"唉……学姐太帅了。"王小川眼睛亮闪闪。

于星衍叹了口气，和小伙伴们告别，走回了嘉城新苑。

进了小区，有一段平缓的斜坡，是最适合滑漂移板的地方了。

他把漂移板拿出来，贴着墙，一点一点地尝试着。

一开始他还能控制得住，斜坡的角度变大的时候，他完全是扒不住墙，直接"咻"地往下刺溜。两块小板子在于星衍的脚下疯狂扭动，他重心不稳眼看就要面朝地摔下。

于星衍认命地闭上了眼，准备迎接疼痛。

一个男人突然站到了他面前。

砰！

于星衍撞到了一个宽阔厚实的胸腔上。

他捂着酸痛的鼻子抬起头，先是看到了一双盛满谑笑的眼，然后踉跄地往后退了一步。

穿着白衬衫、西装裤的许原野，正笔直地站在他的面前。

男人两只手都提着装满了菜的塑料袋，却穿着一身正装，看起来像是下班了顺路去买菜的上班族。这一幕要是被路人看了，都会以为这是位正直的小伙，看到马上就要摔倒的少年，不顾手中提满了菜，就赶忙见义勇为了。

于星衍却完全不这么想。

少年龇着牙，像只被惹恼的小动物，在心里气得直跳脚。

这个男人又专程来嘲笑他了！

傍晚时分，小区内人声鼎沸，归家的学生们像回笼的鸽子，扑棱着翅膀找寻自己的窝。打太极和跳广场舞的爷爷奶奶们刚刚收摊，三五成群地坐在树下闲聊。

许原野本来确实打算笑一笑这个玩漂移板差点摔成狗吃屎的小朋友。

但是看着面前戒备地瞪着他，似乎准备随时逃跑的于星衍，心上又有些好笑，到嘴边的话最后转了个弯，咽了回去。

他不禁想到，自己虽然有些时候是忍不住逗弄了一下这个小孩，但是也不至于这样害怕他吧？

看着小朋友那双瞪得圆圆的眼睛，许原野今天和影视公司商讨剧本的不愉快竟在不知不觉中消散了些许。

男人回头看了看，走到一张空的长椅旁，把手中提的几大袋菜都放下。

"把书包给我。"他对于星衍说。

漂移板，是许原野上高中的时候太忙了想出来的代步方法。

他要写小说，又要完成课业，每天都忙得和陀螺一样，滑漂移板大大减少了他在路上耗费的时间。

但是他没想到的是后来有那么多人效仿，甚至在他高三的时候还有学弟学妹们自发组织了漂移板社团。许原野收到过社团的邀请，但是他并没有同意，也没有关注过这个社团的后续，毕竟他实在是太忙了。

时隔多年，他却从自己的小租客身上看到了自己当年的影子。

许原野很少回忆过去。他的少年时光在记忆里总是短而急促的，童年时父母的角色更是意识中的刻板符号，他很少接收到来

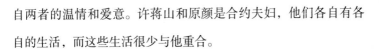

自两者的温情和爱意。许蒋山和原颜是合约夫妇，他们各自有各自的生活，而这些生活很少与他重合。

许原野的叛逆和迷茫在记忆里似乎都只有短暂的一瞬。以至于他现在回想起来，都有些记不清那段匆匆呼啸而过的时光。

当于星衍站在他面前，男孩身上有股敏感而倔强的气质，蜻蜓点水般地在他那段模糊的记忆里停留了几秒，让许原野脑海中浮现了清楚的画面。

在他的十六岁，好像也曾经这样一个人站在老宅的花园里练过漂移板。

少年的书包递到了他手中，背包带子被少年调得很长，里面没有装多少东西，很轻。

许原野把书包放在他买的菜旁边，转身回来，耐心地把地上零落的两块小板子摆成正确的外八方向。

于星衍看着在他面前蹲下摆弄漂移板的男人，有些蒙。

他张开嘴，想说点什么，但是此刻的合租室友好像和他之前见到的任何一刻都不太相似。既不是平时漫不经心的样子，也不是站在阳台上沉郁的样子。

夕阳在天边舒展，云朵蜷缩在天际，灿烂又瑰丽的橘色随意地涂抹在上面，美不胜收。

男人站了起来。

一米八多的大高个，站在只有一米七六的于星衍前面，仿佛一堵高墙，把他的视线都遮蔽了大半。

许原野背光站着，五官都模糊在暗色里，便显得身上的侵略感更强了。

于星衍的手握成拳头，又往后退了一小步。

他预想之中被室友嘲笑的情形并没有发生。

男人对他伸出了一只手，就像那天在医务室门口搀扶他的时候一样。

"扶着我，站上来。"男人道。

于星衍没想到许原野会愿意给自己当人肉扶手，惊得说话都有点磕巴了。

"不……不用了吧，我扶着墙练就可以了。"

许原野挑了挑眉，最后还是没忍住调侃地说："然后再摔个四仰八叉？这次我可不救你了。"

于星衍小脸憋得通红。

果然还是那个嘴毒的室友，他于星衍就算是摔死也不关他的事情！

男人轻笑一声，"你这样什么时候才能学会啊？我教你。"

教他什么？于星衍不是第一次从室友嘴里听见"教"这个字了，上次说要教他做题，这次要教他漂移板？

"你会玩漂移板？"于星衍反应过来，有些不可置信地问。

这两块小板子看起来和室友也太不搭调了吧！

这个养生冠军居然会玩漂移板？

许原野似乎对小朋友这种惊讶的语气很是受用，他的手臂还放在半空中，宽大而骨节分明的手掌朝着于星衍招了招。

"快点吧，我曾经拿过漂移板大赛的冠军呢，小朋友，那时候你还在玩泥巴呢。"

于星衍被许原野这煞有其事的口气唬住了。

室友拿过漂移板大赛……冠军？

男人真真假假的话语杂糅在一起，不知道为什么却让于星衍感觉到了一丝真诚。

最后，在许原野的注视下，于星衍还是慢吞吞地把手搭上了男人的手臂。

"踩上来，脚掌摆直，用前端踩，不要用脚后跟，然后站稳。"

于星衍已经从学姐那里学了这些，他本该顺利地完成的，这次却紧张得发慌，差点踩歪，调整了几下才调整好。

"双膝微弯，两只脚和肩膀一样宽，不要并着，我扶着你不会摔的。"

于星衍慢慢地依言站好，努力地维持着自己的平衡。

他的手搭在许原野的手臂上，却不敢抓得太紧，虚虚地放着，导致他还是有点站不稳。

该死，能不能不要晃了啊！

于星衍在心里焦急地骂着自己打摆子的腿。

就在这个时候，男人反手抓住了他的手臂。

于星衍的手臂很细，没有几两肉。男人的大手轻轻松松地就把他的手臂整个握住了。

于星衍在漂移板上站稳，开始尝试一只脚内外八字交替滑动。

两个人顺着路边的树荫，慢慢地向前挪动着。

于星衍被稳稳地扶着，滑动得异常顺利，脚下的两块小板子居然听话了起来。

许原野的手不知道什么时候离开了于星衍的手臂，虚虚地搭在半空中，眼前的小朋友一脸紧张地盯着地面，滑得心无旁骛。

可惜好景不长，当于星衍失去了许原野的助力，仅凭自己虚虚抓着男人的那点力气无法对抗不平衡带来的晃动，在遇到一个小石子以后陡然向后倒了一下。

下意识，他用尽全力抓住了许原野的手臂。

男人顺势拉住他，把他拉了回来。

许原野轻笑一声，"滑得这么慢还能摔，还要多加练习啊。"

8

许原野发现，这段时间租房子的小朋友像是在忙些什么。

不仅是中午不回来吃饭睡觉，就连晚饭也不回来吃了，常常是门禁前才溜回来，和他打个招呼就蹿回房间里去。

他虽然有些不解，但是也没有多想。

上课的日子总是机械重复的，嘉诚六中与众不同的地方就在于每个月都会有丰富的主题活动，装点高中无聊的生活。

九月份，除了社团招新以外，最引人注目的就是歌手大赛的报名了。

每年的歌手大赛都举办得非常盛大，可以单人参加也可以组队参加，高一新生里有不少人跃跃欲试，准备在歌手大赛上出一出风头。

于星衍这些天总是很晚回去，除了因为上次学漂移板被伤自尊后不知道怎么面对许原野之外，还有一个很大的原因就是要留在学校乐队的练习房里练歌。

他从小就很喜欢唱歌，可以说这是他学习之余唯一的爱好。

叶铮和王小川对此并不擅长，但是两个人一个参加了学生会的外联部，一个参加了很多社团，也都忙得很。

乐队的练习房在艺术楼四楼走廊的尽头，小小的一间，里面贴满了隔音棉，不开灯的时候黑咕隆咚的。里面除了各种乐器以外，放了好几个懒人折叠沙发，以及一堆零食、杂志。

崔依依是乐队的鼓手，也是她带着于星衍和乐队的人认识的，并且同意于星衍晚自习的时候过来练习。

歌手大赛的初赛、复赛于星衍都顺利通过了。

于星衍有一张帅气的脸蛋，唱歌也确实不赖，可以说是在歌手大赛中一炮而红，彻底走出了高一年级，成为和许原景并列贴吧的霸主。

这些天，高一（1）班的门口总是有过来围观的女生，饮水机旁边更是站了一群守株待兔的粉丝。

叶铮和王小川对此见怪不怪，毕竟在初中的时候于星衍的人气就有过之而无不及，到了高中好歹还有一个许原景帮忙分担一些火力。

歌手大赛的决赛定在星期五的晚上。嘉城六中除了高三以外星期六都不用补课，星期五的晚上大家可以自由地观看比赛，很多人早早填了留宿申请，约好了留在学校一起看决赛表演。

离星期五还有两天的时间，学校里关于决赛的讨论愈发热烈了起来。

进入决赛的十位选手每个人都有一张单独的大海报，就贴在体育馆门口的柱子上，这是从教学楼回宿舍的必经之路，长廊上一左一右两排柱子上填满了歌手海报，看起来非常有气势。

于星衍的海报贴在一个最不容易被风雨打到的柱子上，这次歌手大赛的海报选用的是双重曝光的设计风格，拍了男生低头拿着话筒的侧面，浓绿的群山和他融为一体，看起来出尘又清秀。

中午去吃饭，于星衍踩着漂移板，和叶铮、王小川一起从走廊迅速地穿过，路过贴着自己海报的柱子时，还看见有几个女生站在旁边自拍，他在心里再一次庆幸自己学会了漂移板，可以不用被这尴尬的场景包围。

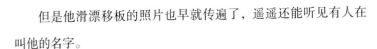

但是他滑漂移板的照片也早就传遍了，遥遥还能听见有人在叫他的名字。

于星衍目不斜视地往食堂滑，只当作没有听见。

嘉城六中的食堂在他入学之前重新装修过，不仅装上了空调，内部的装潢也都换了一遍，整体走的是简约现代风，落地窗外树影重重，里面更是干净又整洁，看起来像是走进了商场里的饭店一样。

于星衍三人坐在窗边，快速地吃完了一顿饭，然后一起去乐队的练习房陪于星衍排练。

决赛可以自己带伴奏，这次乐队除了是决赛的特邀表演嘉宾以外，还决定给于星衍来一次现场伴奏，实在是给足了崔依依和小帅哥的面子。

许原景来练习房找蒋寒的时候，看见的就是少年坐在高脚凳上唱歌的场景。

于星衍身上的白衬衫解开了第一颗扣子，露出了一片白皙的肌肤，少年的锁骨精致又秀气，抓着话筒的手指纤细修长，指尖还泛着淡淡的粉色。

练习房里的光从窗户外洒进来，在墙上投映出一片菱形的光斑，照亮了于星衍的侧脸，而另一边融入了淡淡的阴影中。

许原景安静地走进房间，地板上的懒人沙发上坐满了人，他就靠在墙边抱着手臂听歌，等于星衍唱完以后他走到了蒋寒的旁边。

"走了，老师叫我们去办公室一趟。"

蒋寒恨不得把眼神粘在懒懒地打着架子鼓的崔依依身上，他不情愿地站了起来，拖长声调"哦"了一声，和其他人说再见。

"景神，就来这么一会儿啊？"有乐队其他认识许原景的人嘻嘻哈哈地和他打招呼。

"有事，走了。"许原景面无表情地回答道。

许原景喊了一声："蒋寒，快点！"

蒋寒结束了和崔依依的话头，快步跟上了已经转身往外走的许原景。

往年的歌手大赛决赛都是在学校的大礼堂举行，这次也不例外，舞台前面的观众席位置都是固定好的，如果没有票就只能在后面的看台做山顶洞人，往往到最后看台上都会站满人。

于星衍拿到了五张决赛的门票。

歌手大赛决赛是可以邀请好友的，他留了一张给周叶，还剩下一张。

这张票现在还在他的书包里躺着呢。

但是……

于星衍不知道为什么，并不想把这张票给其他人。

班里的同学和他有过一点交集的都来问了，于星衍一概说给完了。

歌手大赛决赛的门票每个社团、学生组织都会发，班级也有十个名额，剩下的票就要靠大家各显神通，这些天一张前排票都炒到了几百块，搞得和演唱会一样。

特别是这次决赛选手里有于星衍，这种明星选手更是带动了嘉城六中的市场，甚至还有隔壁学校的学生看到了他复赛的视频嚷嚷着要来"追星"的。

于星衍没想到自己参加个校内活动都能带动校内经济发展，更是不好把票随意给人了。

晚上，于星衍和乐队的成员做了一次完整的彩排，回到嘉城新苑的时候已经是晚上八点了。

这是他这些天回来得最早的时候了。

出乎他的意料，那个本该在房间里的男人此刻却坐在沙发上。

好像换了一身西装。

这套是细格子的黑色西装，还规规矩矩地打了领带，男人斜躺在沙发上，跷着腿在打电话。

"嗯……好的。你看着选地址吧，也不着急。"

"没事。"

许原野慵懒地舒展着疲惫的四肢，听到开门的声音，撇过头，斜斜地看了换鞋的于星衍一眼。

他把手机稍微拿远了一点，对着于星衍说道："哟，小朋友，舍得回来了？"

于星衍换鞋的动作僵住了。

什么叫舍得回来了，他每天都回来好不好！

少
年
游

stars and fields

说完，男人好像听到电话那边说了什么，轻笑了一声。

"是和我合租的小孩，才读高一。"

于星衍听到他的话，咬了咬唇，把拖鞋换上，背着书包急促地往房间里走。

"等等。"

男人在他的身后叫住了他。

许原野已经挂了电话，拿着手机，薄薄的黑色方块在他的手中转圈。

"走这么快干什么？我以为我们的关系还行，说句话都不愿意？"

许原野的身上带了些少见的疲惫，说话的时候也不像往常那样侵略性十足，声音哑而轻。

"什么事，原野哥。"他小声回答道。

"你吃饭没？我也刚回来，没吃我现在去做。"

"不用了原野哥，我吃过了，谢谢。"

说完，于星衍转身又想要回房间。

搞什么？

许原野很少热脸贴人家冷屁股，更何况这还是个小朋友，他有些啼笑皆非地看着男生的背影，不知道自己和十六岁未成年人的相处过程中哪里出了问题。

但他也不至于和小男孩生气，许原野站起来，耸了耸肩，开始松领带，准备等会儿去厨房给自己下碗面。

就在他一边松领带一边走到餐桌旁的时候，男生的房间门又"哐啷"一声打开了。

他看见小朋友低着头走过来，手里拿了张像门票一样的东西，递给了他。

许原野有些意外地看了他一眼，把放在领口的手伸了过去，接过了于星衍手中的那张设计精美的长条卡片。上面写着"唱所欲言"第十届六中歌手大赛决赛门票。

就在许原野仔细看门票的时候，少年干巴巴的声音传入了他的耳朵里。

"谢谢原野哥这些天的照顾，我进了歌手大赛决赛，你要是有空，可以来看看。"

说完，就像个机器人一样，一步一个脚印地往回走，根本没有给许原野说话的机会。

这是邀他去看比赛啊？

男人眨眨眼，几乎是下意识地笑出了声。

歌手大赛晚上六点开始，五点半许原野就换了身衣服，准备出门。

临出门前，他的微信里弹出了一个好友申请。

男人点开申请看了一眼，备注上写的话让他有点意外。

SU：你好，我是苏意难。这次负责《扶山》场景的原画，想和你交流一下，希望你能通过。

许原野挑了挑眉，没想到和他有过几面之缘的苏家小少爷居然还参与了《扶山》电视剧的创作工作。

他思索了一下，点了通过。

许原野把手机放进裤兜里，出了门。

将近十月，嘉城的白天愈发短了，这个时候天色已经开始有些暗沉。

许原野去嘉城六中的路上，路过一家花店，他想起演出完一般有献花的传统，便进去挑选了一捧店里包扎好的花。男人对这些并不熟悉，只觉得白色的满天星里点缀着蓝色花朵看起来还挺好看的，就算到时候小朋友输了比赛，拿到花应该也能有所安慰。

嘉城六中此刻完全不同于以往的周五，到处都是拉着箱子准备回家的学生，这个周五很多人都换了自己的私服，打扮得漂漂亮亮准备去看比赛。

校园里只有离礼堂最远的高三楼还算安静，高三的周五小测还没结束，学生们被关在教室里没法出来。

许原野一路畅通无阻地走到了礼堂内。学生会的工作人员帮他检票，还像模像样地发了节目单，许原野的位置很好，就在第二排的中间，第一排是评委和老师的位置。

他来得不算早，此刻礼堂里已经闹哄哄地挤满了人。

他座位旁坐的都是年轻的小孩，看见他走过来，不少人都在窃窃私语。

"好帅啊！这是谁的家长吗？"

"会不会是六中毕业的学长啊？"

"呜呜呜……不行了……"

许原野早就习惯了别人的目光，淡定地在自己的位置上坐下，拿起节目单看了起来。

和许原野上学的时候相比，嘉城六中现在的歌手大赛的赛制更加成熟，除了参赛选手的表演，还邀请了街舞社和乐队来热场。有街舞社和乐队的助阵，难怪那么多学生不回家也要留在学校看比赛。

这种青春火热的氛围让身处其中的人都会不自觉地兴奋起来。

许原野扶了扶眼镜，也有些被气氛所感染，这种纯粹、不功利的高中生比赛，就像是象牙塔里的月光，走出了特定的环境以后，就再也看不见了。

男人放松地靠在椅子上，享受着这难得的青涩又美好的时光。

于星衍的表演在第六个，乐队中场表演完以后就到他上场。

虽然离他的节目还有一会儿，但是于星衍在后台已经坐了一个多小时了，主要是崔依依非说要给他弄什么造型，死拽着不放他走。

于星衍戴着耳机闭眼放空自己，努力缓解内心的紧张。

他是第一次上这么大的舞台，而且还不是放伴奏，要和乐队的人配合好才行，虽然他面上不显，但心里实在是有些发怵。

这次他决赛要唱的歌是《孤独患者》，这是他非常喜欢的一首

109

歌，洗澡的时候都要吼一吼。

男生阖着的眼眸微微颤抖，纤长的睫毛像两把小扇子，在眼睑处映下一道蝶翼般的阴影。

崔依依给于星衍弄完造型，站在男生面前欣赏了一会儿自己的作品，满意地拍了拍手。

"好了，小星星，睁开眼看一下！"

于星衍缓缓睁开了眼，他的眼睛很敏感，后台化妆室里刺目的灯光让他一瞬间感到酸涩，不适地眨了眨眼，这才看清楚镜子里的自己。

他的头发怎么变成蓝色了？

于星衍的眼睛一瞬间瞪圆了。

男生来的时候还是柔顺的黑色短发，现在被崔依依一顿大刀阔斧地改造以后，发梢变成了深蓝色。刘海被抓了一个三七偏分，露出了饱满白皙的额头，眉毛也修过了，去除了杂毛以后看起来精致秀气了许多。

短发用发胶抓出了蓬松的感觉，上面还洒了一点金粉，在灯光下熠熠生辉。眼尾拉出了一条棕色的眼线，顺着眼尾的弧度往上飞。

崔依依也不知道是从哪个男团身上得到的灵感，全数运用到了于星衍的身上。

于星衍看着镜子里的自己，有点崩溃。

这是什么玩意儿啊！妆为什么会这么浓！

偏偏崔依依还在旁边大声赞叹着，一旁等他化妆的叶铮和王小川打完一局游戏，两个人一抬头就看见了满脸绝望的于星衍。

"哇——"两个人齐齐发出了惊叹的声音。

王小川看着自己陌生的好友，艰难地吞了口口水。

"衍哥啊，不是我说，我觉得你都不需要开嗓，往舞台上一站应该就已经赢了吧……"

"这真的有点过分了，不给其他选手活路啊？"

木已成舟，于星衍只想一个人静一静。

他挥手把王小川和叶铮赶回观众席，窝回椅子里，戴上耳机继续小声跟唱。

比赛已经开始了。

王小川和叶铮如愿以偿地看到了于星衍的造型，两个人一路眼神诡异地回到了观众席上。

选手拿的票座位是连着的，蒋寒可能还没有下课，所以那五个连着的位置上目前只坐了一个人。

是个英俊成熟的男人。

王小川和叶铮你推我推你，走到男人旁边坐下，眼神更加诡异了。

他们连街舞社的漂亮小姐姐们在舞台上的热辣舞蹈都没有心思看，明明就坐在一起，却掏出手机用微信交流。

王小川：这个是衍衍的室友吗？

叶铮：应该是，他舅舅不长这样吧？

111

王小川：衍衍还不愿意和我们提，都邀请人家来看比赛了，这不是关系很好吗？

灯光迷离变幻的礼堂里，本该专注看比赛的两个少年一直拿着手机不停地戳着屏幕，反而是被讨论的男人在很认真地看着比赛。

高三年级的同学考完试陆续入了场，蒋寒却迟迟未来。

五个人的联排座位只坐了三个人，王小川和叶铮紧张又尴尬，偏偏空着的两个座位把他们三个和其他人隔开了，在拥挤的环境里像一座小小的孤岛。

两个人在八卦，一个人在享受阔别已久的青春，也算是各得其乐。

十佳选手每个人都有些人气，欢呼浪潮一波高过一波，有些歌到了高潮的时候，还会有亲友组织着同学们拿出手机打开闪光灯挥手，一个学校的活动真的被营造出了演唱会的氛围。

直到乐队要上场表演了，蒋寒才姗姗来迟。

男生几乎是跑过来的，低喘着弯腰走入了观众席，王小川和叶铮看到他，两个人都是眼睛一亮，把蒋寒拉在他们旁边坐下。

"寒哥，怎么回事啊，来这么晚？"王小川压低声音问道。

"别提了，胖大海非要留我们几个小班培训，这会儿阿景都还在办公室呢，我是借口上厕所逃出来的。"蒋寒热得用手掌使劲地扇风，"不知道他能不能赶上小衍唱歌，不过阿景对这些向来兴趣

不高，可能不来了。"

王小川、叶铮对许原景都是畏惧大于熟悉，所以许原景的到场与否他们并不在意。

两个人凑到蒋寒旁边，窸窸窣窣地说了些什么，蒋寒把身子往前倾，看了眼坐在叶铮旁边的男人一眼。

他莫名觉得这男人长相有些眼熟，好像在哪里看过似的，但是又记不起来。

乐队上场了。

蒋寒的心思立刻转移到了崔依依身上，王小川和叶铮也不再去看坐在旁边的"于星衍室友"，大声地为乐队加油，场内的气氛一时躁动到了沸点。

"夜游园"乐队虽然是六中的学生社团，但是实力非常不错，在嘉城的学校乐队圈子里是数一数二的乐队了。

特别是崔依依，粉丝超级多，甚至很多外校的人做了应援牌带过来，不愧是微博上有十万粉丝的小网红。

蒋寒从办公室逃出来，手上什么东西也没有，坐在那黑脸像个吃了十吨醋的柠檬精，气鼓鼓地给崔依依呐喊，还要注意躲着崔依依的眼神，以免被瞧见了。

乐队热场表演唱了一首很开心的《你要跳舞吗》，声浪一浪高过一浪，结束以后，大家还依依不舍地请求再来一首。

扎着高马尾穿着马丁靴的崔依依又美又飒，直接拿过了主唱的话筒，走到舞台前，把主持人的工作代行了。

"这一次夜游园除了被邀请来当嘉宾以外，其实也参与了比赛呢，我们还有一首歌——大家期不期待！"

"期待——"

"搞快点搞快点！"

口哨声和尖叫声在台下响起。

崔依依拿着话筒，顺势道："那么接下来，就有请下一位参赛选手，高一（1）班的于星衍！"

"啊——"

不知道是哪个女生发出了高分贝的尖叫声，叶铮和王小川捂住耳朵，只感觉耳膜都要被穿破了。

他们默契地又往男人那里看过去。

在这样沸腾狂热的氛围里，男人坐在那里，依旧是淡淡的闲适模样，唯一和刚刚不同的，可能就是嘴角噙着笑，看起来好像被于星衍的人气愉悦到了。

舞台上灯光暗下，观众席的声音也归于平静。

过了几秒，一束追光灯打在了舞台中央。

一个清瘦的男生站在那，穿着一件宽松的白衬衫，开了两颗扣子，把精致秀气的锁骨露在众人的视线之中。下身是破洞水洗蓝的牛仔裤，白皙纤瘦的小腿线条在布料的掩映中若隐若现。

男生蓬松的短发在灯光下流转着蓝色和亮闪闪的碎芒，那双无辜可爱的杏仁眼此刻显得染上了几分了深情，水光涟漪。

"大家好，我是于星衍。我和夜游园乐队一起给大家带来的歌曲是《孤独患者》。"

男生的声音被话筒放大，在回音极好的大礼堂里一波波地荡开，清脆空灵。

嘉城炎热的秋日，乌泱泱一片人头的大礼堂内，音浪仿佛翻涌的海潮。

唱歌的少年被众人注视，声音清朗又好听。

十六岁的年纪，最是青春美好，少年明亮得好像琉璃气泡，干净得像是淌了一地的皎洁月光。

9

许原景从办公室里出来，手里拿着刚刚发的试卷，他看了眼时间，不打算去拥挤的礼堂里凑热闹了，直接回了班。

高三星期五晚上还要上晚自习，回到班的时候，大部分同学都坐在位置上安静地学习，去看比赛的人并不多。

已经经历过两次歌手大赛的高三学生们显然已经对这种活动不感兴趣了。

许原景拿出手机发了条微信给蒋寒，把他的那份卷子放在蒋寒的桌面上，回到自己的座位上开始刷题。

胖大海每周五都会给他们开小灶，发的提高卷题目又难又刁钻，就算是许原景也要花一些时间才能做完。

礼堂内，所有选手已经表演完毕，等待评委给出最后的结果。

蒋寒几个离开了观众席，溜进了后台。

乐队的人和于星衍正坐在化妆室的角落里，嘻嘻哈哈地聊着天。

"小星星，我觉得这次最佳歌手绝对是你没跑。"崔依依把脸搁在椅背上，笑眯眯地看着一脸疲惫的男生。

于星衍比完赛，心头的石头落了地，过程享受到了，结果反而没有那么重要，拿不拿最佳都没有那么在意。

他浅浅地"嗯"了一声，在微信上回复周叶的消息。

票他前几天就送过去了，周叶本来也答应得好好的会来，没想到今天临时有饭局没来成。

倒是他以为可能不会来的室友真的来了。

于星衍抿了抿嘴，对于周叶放他鸽子这件事情还是有点生气的。

过了没多久，工作人员就来叫选手们上台。

于星衍把手机收起来，有些紧张地挠了挠脸，在乐队成员的祝福声中重新走上了舞台。

表演结束后场馆里走了不少人，显得空旷了许多，于星衍视力不错，一眼就看见了坐在第二排位置上的许原野。

室友居然没走？

主持人是倒着宣布结果的，名次一个个被揭晓，最佳歌手的人选范围越来越小，到最后，宣布完第二名，台下已经有不少人在吼于星衍的名字了。

他突然看到室友怀里的那束花，满天星里缀满了蓝色的小花，看起来清新又好看。

是给他的吗？

那个总是嘲讽他，调侃他的室友，居然还会给他送花？

就在他思绪飘远的时候，主持人突然抓住了他的手。

于星衍一愣，抬起头，发现前面那冗长的宣布名次的台词居然已经说完了。

主持人是学生会文娱部的男生，学播音主持的，看起来还挺专业。

他举起于星衍的手，大声地喊出了最后的结果。

"让我们一起恭喜第十届歌手大赛冠军得主，我们的最佳歌手——于星衍！"

礼花弹"嘭"的一声在空中炸开，飘飘扬扬的金色碎条在于星衍的上方落下，变幻的蓝紫色灯光把这一切都照耀得像一场梦境，那如雨般的金色碎屑在灯光下旋转飞扬，反射出粼粼的光芒。

男生站在舞台中央，脸上神色有点呆，喜悦好像还未传达到他的心里，倏忽被举起了手，反应了好几秒，才慢慢地挤出一个笑容。

许原野看着台上小孩接过证书和奖杯，被簇拥到最前面拍合照，鬼使神差下，也拿出手机拍了一张。

本该是写存稿的时间，许原野却坐在曾经的校园的礼堂里，看一群高中生举办校园活动。

男人非但没有不耐烦，反而还心情愉悦地带着笑。

这样扑面而来的青春气息，就像经年的酒，无论什么时候品尝，都是那样的香醇，不怪人们总是怀念少年的时光，美好而单纯的一切，总是有着致命的吸引力。

许原野看着小室友领完奖拍完照后转身进到了后台，他也从位置上站了起来。

坐在他旁边总是窃窃私语的几个男生已经离开了，他轻松地从座位间隙中走了出去，走到了礼堂的门口。

门外的晚风迎面而来，把礼堂内浑浊的气息冲淡了些许。

今夜是个圆月夜，洗过的天幕很干净，零星几颗星星点缀在柔和昏黄的圆月旁，校园内很安静，只有礼堂处还传来喧哗声。

他夹着花，掏出手机给于星衍打了个微信电话。

那边很快接起了。

"原野哥……"

唱完了歌，清亮的少年音也带上了点沙哑，听起来很疲惫。

许原野靠着礼堂门口的柱子，看见了贴在对面柱子上的于星衍的海报，一边打量一边道："恭喜你啊，小朋友，最佳歌手。"

"谢谢原野哥。"于星衍正在卸妆，他没让崔依依再对自己的脸下手，拿了卸妆湿巾就往脸上一顿抹，把娇嫩的皮肤都擦红了。

"吃饭了吗？"男人那边的声音听起来很空旷，于星衍想，他应该已经走了。

"还没有，来不及吃。"于星衍下午一下课就被抓来化妆了，连面包都没来得及啃一口。

"我在礼堂大门口，出来，请你去吃夜宵。"男人道。

于星衍卸妆的动作一僵。

他举着手机的那只手颤抖了一下，迟疑地说："原野哥……"

"还是你要和同学出去庆祝？嗯？"

于星衍张了张嘴，耳畔崔依依一群人正在讨论等下去哪里玩，他看了眼他们。

"好，原野哥，你等我一下，我马上出来。"

他明明已经和大家说好了今天出去玩的。

可是……

毕竟是他邀请人过来的，周叶又不在，他总不能见都不和人家见一面吧……

本来在他的计划里，是把周叶扔去和室友聊天，让两个成年人自己玩去，他拍拍屁股和同学去聚会的。

都怪周叶！

于星衍飞快地把东西装进包里，连衣服都来不及换，告别了崔依依一群人，就往外面跑。

"小星星，你去哪啊！今晚你是主角啊！"崔依依在后面喊他。

"我家长来了，去不了了，你们去玩吧！"于星衍边走边解释。

礼堂门口。

三五成群离开的学生一遍遍地打量着倚在柱子上的男人，好奇地看着他怀里的鲜花。

成熟英俊的男人在一群稚嫩的小萝卜头里格外引人注目，特别是他身上还有一种斯文的学者气息，金边的细框眼镜在夜色里反射出冷冽的寒光。

于星衍喘着粗气跑了出来，背着他的双肩包，两条长长的肩带在身后一晃一晃。

许原野靠在柱子上，不顾周围还有人在走动，把夹在臂弯里的花束递了过去，"第一名，你的花。"

满天星里的蓝色小花在夜色下格外好看，和男生发梢的那抹蓝一样，幽静又秀美。花束用同色系的包装纸裹着，上面打着精美的蝴蝶结。

他捏了捏指尖，慢吞吞地伸出了手。

他接过了那束鲜花，呆呆地站在原地，看着男人，半晌才憋出了一句蚊子声一般大的"谢谢"。

许原野看着小孩呆滞可爱的样子，那蓬松的头发被风吹起了一丝，上面亮闪闪的金色彩带还挂着，分外显眼。

他低笑了一声，都可以想象于星衍是怎样急忙地跑了出来，连自己头上的彩带都没来得及处理。

男人趁着于星衍发呆的工夫，伸出了手，轻轻摘下了那条金色的彩带。

晚上八点，第一节晚自习准时下课。

高三教学楼灯火通明，在眼保健操的声音中，不少人走下来放松或者去小卖部买零食。

许原景插着兜走到礼堂外，看了眼手表，准备再打个电话催蒋寒出来。

他刚把手机放到耳边，便看到了让他不敢置信的一幕。

他的哥哥。

还有……于星衍？

礼堂门口，两个人站在柱子旁。

他的哥哥抬起了手，伸到了捧着花的男孩头顶，好像是摸了摸男孩的头。

微信电话被接通了，耳畔传来蒋寒抱歉的声音，许原景却完全没有办法去听蒋寒在说什么。

他震惊地举着手机，看着两个人并肩往校门口走去。

直到蒋寒出来，许原景都还沉浸在巨大的不可置信中。

两个他认为完全不相交的人突然出现在一块，而且看起来还那样熟悉，简直就是双重的爆炸打击，把他弄得有些头晕目眩。

他没想到自己的哥哥会和一个高中生这么亲密，于星衍才上高一，青春期别扭又闹腾的性格正是他哥最讨厌的，以前他哥还没有和家里闹掰的时候，逢年过节许家亲戚聚在一起，看见那些差不多年纪的小孩许原野向来懒得理会。

他们是怎么认识的？为什么哥哥会来看于星衍的比赛？

种种疑问盘桓在许原景的心头，蒋寒在他耳边说了一堆话他都没有听见。

"阿景！"

蒋寒最后只能大吼一声他的名字，试图把朋友的神智喊回来。

许原景被蒋寒的吼声吓了一跳。

他精神恍惚地回复。

"蒋寒……刚刚你去看比赛，看见一个戴着金色细框眼镜的男人了吗？"

蒋寒听到许原景没头没尾的问话，也没有多想，很自然地说："见到了，就坐在于星衍的亲友区，好像是他的家长吧？"

他想起男人那张似曾相识的面孔，又补充道："我好像在哪里

见过他似的，挺眼熟的。"

眼熟，当然眼熟了。蒋寒和他高一的时候无数次经过张贴着去年优秀毕业生的告示栏，打头第一个就是许原野。

嘉城的晚上，热风吹拂。

许原野和于星衍打了车，往吃饭的地方去了。

于星衍手里还拿着那束花，坐在许原野的旁边，一时间不知道说些什么，想要拿出手机给花拍一张照片，又碍于许原野在场没有行动。

出租车穿梭过嘉城夜晚繁华的街道，车内的冷气开得很低，司机正在用本地话开着蓝牙和别人聊天，反而是同行的于星衍和许原野之间很是安静。

许原野很少和于星衍这个年纪的男生打交道，没什么经验，他想了一圈平时是怎么和许原景聊天的，才发现一般都是自己的弟弟主动挑起话题，他只要回答就好了。

而坐在旁边的小朋友则像是个锯嘴葫芦，还喜欢闹些他看不懂的别扭，许原野在心里叹了口气，放弃了找话题的打算。

出租车在"隐厨"门口停下，这家位于九湖区的私房菜馆在他们的圈子里很有名气，许原野是个在吃穿住行上只对吃讲究的人，他是这家私人菜馆的会员，但是这些天没有出门，所以也很久没来了。

于星衍跟着他下车，手里还紧紧地拿着那束花，亦步亦趋地跟在男人的身后。

隐厨是做南川菜的，装修得也古色古香，很有南川旧时的风格。

于星衍本来以为许原野是真的要请自己去吃夜宵，脑补了类似于大排档的地方，没想到自己的家里蹭室友居然带他来了这里。

他以前和周叶吃过这家私房菜，依稀记得这里是要提前预订的。不过室友看起来对这里很熟悉，也不用侍者引路，轻车熟路地带着他往里面走。

这里很贵的啊……

于星衍舔了舔有些干的唇瓣，虽然他已经看出来室友应该不是无业游民，但是他也没有把室友和出入隐厨的人群联系上。

隐厨的包间名字都是南川经典的戏曲名，室友带着他走进名为"双桥烟雨"的包间，里面已经有服务生候着了。

穿着一身中山装样式衣服的服务生主动和许原野打招呼。

"许先生，菜已经备好了，现在上吗？"

许原野淡淡颔首，道："多加一份双皮奶吧，于星衍，吃热的还是凉的？"

于星衍下意识答道："凉的……"

说完，他在许原野眼里看到了一丝不赞同的神色，但是男人还是吩咐服务生照做。

隐厨的菜是每日统一的，一般是不能单点的，许原野和老板熟悉，倒是开口叫人给于星衍开小灶。

很快，备好的菜就陆续上来了。烧腊、白切鸡、啫啫煲……看起来色香味俱全的菜品在灯光下泛着诱人的光泽，于星衍依旧记得上次和周叶来的时候被隐厨的菜惊艳到的感觉。

他不是没见过世面的小孩子，知道在隐厨吃这一桌菜价格不菲，更何况许原野这么熟门熟路，一看就是常客。

许原野到底是什么人啊？

他一边吃着美食，一边偷偷地观察着喝汤的男人。

男人坐在包间昏黄的灯光下，安静地端着汤盅喝着。包间里的门是五彩的玻璃门，像是老教堂的窗户，博古架上放着考究的花瓶摆件，兰花雅致地点缀着房间，让人有一种穿越时空的错乱感。架着金边细框眼镜的男人坐在其中，丝毫不显得违和。他今天穿着翻领的黑色丝质衬衫，显得他英俊又斯文。

食不言寝不语是许家的规矩，像许蒋山那样刻板传统的男人更是对这些非常坚持，许原野从小到大吃饭的时候都很专注，不会干其他事情。

于星衍和许原野一起住了一个多月，已经习惯了男人吃饭的时候的安静。

少年也确实是饿了，埋头一直在吃，吃到后面双皮奶端上来的时候已经有些撑了。

但他还是把那一小碗软嫩的双皮奶吃完了，甜得恰到好处的双皮奶解腻又爽口，于星衍吃完以后，甚至还想要再来一碗。

他眼巴巴地看着男人，换来男人一声轻笑，"再给你做，老板肯定要找来这里看看了。"

他平时来这吃饭从来不要甜品，这次已经算是反常了，以那个人精的敏锐，指不定会想些什么东西。

于星衍本来也不敢要求什么，只能默默地把双皮奶记在心里，盘算着下次叫周叶带他来吃。

吃完饭后，男人起身去包间的厕所，于星衍一个人坐在桌子旁四处张望着。

上次周叶带他来的时候坐的是卡座，虽然说这里的卡座被屏风隔得严严实实，布置也很好看，但是比起包间来说肯定还是简陋了些。

于星衍拿起放在旁边凳子上的花，走到窗边。

菱花格子的窗户外是一片静谧的夜色，外面是小型的园景，水从假山石间淌下，水声潺潺，月亮落入湖面，风平浪静。

他把花放在窗沿，用月色当背景，拍了几张好看的照片。

就在他换着花的位置的时候，包间的门被敲响了。

于星衍以为是服务生，没有太在意，继续摆弄着他的花。

"咔嚓"一声，包间的门被推开了，五彩玻璃门后站着服务生和两个面容陌生的男人。

一个穿着短袖和宽大的短裤，看起来有些不修边幅的样子，是典型的南川人长相，而另一个则穿着讲究，于星衍的眼神掠过，看出来他穿的是某个设计师的联名款，有钱也很难买到的那种。

不修边幅的男人插着兜走进来，嗓门略大，"许大少爷，好久没见你了啊！"

话音刚落，他的目光就对上了拿着花站在窗口回眸看他的于星衍。

就在这时，许原野从洗手间里出来了。

男人看了眼站在窗边的小朋友，又看了眼站在包间门口的黄黎和苏意难，他朝于星衍招了招手。

"过来，回去了。"

黄黎怪叫了一声，"这就要走啊，我是带意难来见你的，人家发微信你都没回，怎么回事啊你？"

许原野闻言掏出手机看了眼，果然苏意难给他发了消息，但是看表演的时候他没看手机，被其他消息压到了下一页，所以没看到。

男人干脆地给僵在门口的苏意难说了声抱歉。

"你发的那几张场景都挺好的，和我构想的出入不大，按着你自己的想法来吧，术业有专攻，我就不指手画脚了。"

许原野从椅子上把于星衍的包拿起来，在黄黎耳边打了个响指。

"走了。"

于星衍乖乖地跟上许原野出了菜馆。

这个小插曲在于星衍的心里并没有产生太大的波澜。他只是觉得室友愈发神秘了。就好像有层纱罩在了许原野的身上，他离得近了，反而看得更加不真切。

于星衍唯一能从许原野朋友那里得到的反馈就是，许原野并不经常带人吃饭。

这让他心里有些难言的开心和得意。

书桌上摆着今天拿到的最佳歌手奖杯，虽然造型不是那么美观，但是却让男生很有成就感。

许原野送的花被于星衍找了个玻璃花瓶插了起来，就放在奖杯旁边。

许原野的一束花，就让小少爷翘起了尾巴，觉得回到了被人宠爱的环境里，那点之前因为室友调侃他而生出的芥蒂也消散不见了。

很简单啊，室友对他好，那他也就对室友好一点。

室友又是送他花，又是带他吃好吃的，那就勉强让他叫两句小朋友吧。

于星衍拿起床头的《扶山》，心情很好地准备开始阅读时光。

周叶的电话就是在这个时候打进来的。

"喂，衍衍？"男人的声音很疲惫，好像还带了点酒意。

"舅舅，你应酬完了？"

"嗯，恭喜你啊衍衍，拿了第一名，真棒！"周叶无疑是个好舅舅，工作完了都还记得要来安抚一下被放鸽子的小孩。

于星衍早就被许原野顺好了毛，此刻很懂事地说："谢谢舅舅，你早点睡吧！"

周叶反而过意不去了，"衍衍，你是不是喜欢在野？"

他看小孩的朋友圈最近老是发在野的书评。

"舅舅，你也喜欢在野吗？"于星衍一听到自己喜欢的作者，立刻坐直了身子。

"我哪有时间看小说啊。是我们公司影视部最近在筹备《扶山》的影视化，在野明天会来公司看剧本，你要是喜欢，我帮你要个签名。"

签名？

于星衍抓着手机就差嗷嗷叫了。

"真的吗舅舅！我明天能不能去你公司玩啊？我保证不打扰你们工作，我就看一眼在野！"

在野从不出席任何公开活动，无论是终途中文网的年会还是采访都不出现，所以至今在野的长相、年龄甚至是性别都是个谜。

一想到自己可以有机会看到在野的真面目，于星衍只感觉大脑充血，今天晚上都要睡不着了。

周叶没想到于星衍这么喜欢这个作者，他叹了口气，有些纵容地答应了。

"那我明天来接你，影视部的人也不知道在野具体什么时候来，你就在我办公室乖乖待着，人来了我允许你悄悄看一眼。"

"谢谢舅舅！"于星衍开心地仰倒在床上，挂掉电话以后还在傻笑。

一个月前，他的生活那样不顺，结果现在却转运了。

他明天就能看到在野了！

能写出那么好看的小说的人是怎么样的呢？

于星衍书也不看了，把头埋进被子里，养精蓄锐迎接明天的到来。

10

第二日，晨光大盛。

于星衍难得在周末起了个大早，八点多，他已经洗漱完毕，和室友一起吃了早餐，等待周叶来接他去公司。

许原野看着于星衍这挂着黑眼圈还格外活力四射的样子，以为他是要出去玩，在于星衍走的时候还祝他玩得开心。

于星衍心里藏着秘密，很嘚瑟地和许原野挥手告别。

于星衍拿了一包巧克力牛奶，一边吸溜着奶一边摁电梯下楼，背的包里放了《扶山》全集，十本书像砖头一样压在于星衍的背上，但是男生却背得甘之如饴。

周叶的车停在楼下，嘉城新苑虽然在市中心，但是绿化做得很好，伞盖般的树连绵一片，投下供人乘凉的荫蔽。

于星衍在车旁把牛奶喝完，打了个小小的奶嗝，周叶站在车旁接过他的包，拎到手上的一瞬间脸都变绿了。

"衍衍，你这放的什么啊这么沉？"周叶赶紧把包丢到了车后座上。

于星衍笑嘻嘻地说："《扶山》精装本全套啊！"

周叶无语地揉了揉额头，可算是真的相信自己这外甥的一腔爱意了。

周叶捏了把于星衍滑嫩的脸蛋，把小孩捏得龇牙咧嘴的。

"我看你离家出走一个多月怎么还胖了？伙食这么好啊？"

于星衍拍开周叶作怪的手，钻进车里，轻哼一声。

真的胖了吗？

于星衍把脸靠近车窗，试图在玻璃里观察自己是不是真的长肉了。

车窗照出来的男生有着尖尖的下巴，眼睛大而圆，睫毛纤长浓密，嘴唇嘟嘟的，一点都不显胖。

于星衍对着车窗露出了一个满意的微笑。

哼哼，今天的衍哥又是格外帅气！

打量完自己，于星衍瞪了眼开车的周叶一眼，这个丑八怪又在胡说八道。

丑八怪周叶耸了耸肩，没把于星衍假装凶狠的眼神放在心上。

嘉城早上的路况非常差，从嘉城新苑到周叶所在的丰申传媒只要十几分钟的路硬是堵了将近一个小时，好在周叶是太子爷，晚去一会儿也没人会说什么。

周叶带着于星衍打卡进了公司，领着他直接往自己办公室走。

他看了眼表，过会儿还有会要开，他没法一直待在办公室里陪于星衍。

于星衍不是第一次来周叶公司了，熟门熟路地在沙发上坐好，掏出小说看了起来。

周叶给影视部负责《扶山》的制片人发了条微信，让她在作者过来的时候告诉一声，那边很爽快地答应下来。

转过头，周叶看着于星衍优哉游哉不把自己当作客人的架势，忧愁地叹了口气。

秘书推门进来送文件，一眼就看见了沙发上的男孩，她就职的时间不长，还没有见过于星衍，对于能进太子爷办公室的小男孩有些好奇，但是面上还是保持着职业的微笑。

"周总，这是今天需要签字的文件，您过目一下。"她把手中的文件放在周叶的办公桌上。

周叶在公司里还是有几分领导架子的，他翻开文件夹，看了眼躺着看小说的于星衍，对秘书说："拿一杯热牛奶和一碟饼干进来，加一勺糖。"

132

秘书应下，步伐很轻地出去了。

于星衍完全沉浸在小说的世界里，就连自己面前什么时候放了牛奶和饼干都不知道。

他看完一卷，抬起头来，办公室里已经没了周叶的身影。

于星衍拿出手机，微信上周叶嘱咐他不要乱跑，在野来了他会告诉于星衍，于星衍只能瘪瘪嘴，喝了口冷掉的牛奶，吃了点饼干，继续看小说。

时间滴滴答答地走过。

于星衍着实是有些待不住了，他站起来伸了个懒腰，已经十一点了，周叶还没有回来。

他在周叶的办公室里溜达了一圈，感觉小腹传来胀意。

他把手机拿上，打开了办公室的门，外面的格子间里员工们都在很认真地埋头工作，门口的秘书注意到了于星衍，朝他笑了笑。

"周总还没开完会，你需要什么我帮你去拿。"

于星衍朝她露出了一个甜甜的笑容。

于星衍向来对着不同的人有不同的面孔，在学校里他就是高冷的衍哥，在外面扮乖卖巧也很有一套。

"姐姐，厕所在哪里啊？"

秘书小姐姐被于星衍那亮闪闪的笑容直击心灵，放下了手中的工作，亲自带着男生往厕所去。

丰申传媒在寸土寸金的 CBD 写字楼里有三层楼，算是嘉城比较大的传媒公司了，要于星衍自己去找厕所，说不定会被绕晕。

于星衍不知道为什么有点闹肚子，在厕所里蹲了一会儿，脑海中不停预设着等下见了在野以后要说些什么。

说自己是粉丝，好像不够有记忆点，在野有那么多粉丝，肯定不会把他放在心上。

于星衍打开终途中文网的软件，想了想，很是阔气地给《扶山》开了一个白银盟主。

钱唰唰地流出去，于星衍把自己的打赏页面截图，发到了粉丝群里，立刻收获了一片称赞声。

他软件上的名字非常朴实无华，就叫作"衍哥123"，但是配上白银大盟的粉丝牌子，看起来瞬间就不一样了。

就在他美滋滋地欣赏着自己的粉丝牌，享受着众人的奉承的时候，周叶给他发消息了。

舅舅： *衍衍，在野到楼下了，你去十九层的电梯门口等着，见一面就行了，别扒着人家不放。*

看到这条消息，于星衍立马解决完个人问题，揣着手机就往外面跑。

这下回去拿书也来不及了，他冲到电梯间，三台电梯上上下下，他咬了咬唇，直接进了安全通道从十七楼爬到了十九楼。

三步并作一步，于星衍几乎是飞一样地蹿了上去。

此刻是工作时间，十九楼影视部的电梯间没有什么人，于星衍在中间站稳，深呼吸了一口气，努力让自己发抖的身子平静下来。

十三、十四……

看着唯一一台向上的电梯，于星衍紧张得脑子都在嗡嗡叫。

什么开场白都被他抛在了脑后，于星衍死死盯着电梯门，就害怕自己错过了。

叮咚，十九层到了。

电梯泛着冷冽银光的门缓缓开启。

一位穿着一身职业套装的女性先走了出来，她妆容精致，一头大波浪卷发扎在脑后，她是丰申的金牌制片人。也只有在野这种大咖能让她亲自下楼去接。

《扶山》已经选了两次编剧了，可见在野这位作者的面子之大。

她余光瞄到一个喘着气的小朋友，心里了然，应该就是小周总说的小孩，追在野都追到公司里来了。

封艺不动声色地往旁边退了一步，很善解人意地让小朋友能够清楚地看到在野的样子。

于星衍站在电梯间，呆呆地看着一个熟悉的男人从电梯里走了出来。

他攥着的手忘记放松，指甲掐在肉里，红了一片。

白衬衫，西装裤，英俊又斯文的面容。

早上的时候，他还和这个人坐在一起吃了早餐。

怎么会是他！

于星衍的嘴巴微微张开，眼睛瞪得浑圆，一时之间连呼吸都

135

忘了，像条搁浅在海滩上要窒息而死的鱼。

封艺看了眼石化在原地没有动作的小朋友，又看了眼满脸兴味的在野，不得不出来打圆场。

"在野老师，这是老板亲戚家的小孩，是您的骨灰级粉丝，想问您讨个签名。"她笑得亲切自然，语气尊敬又不失亲昵，"小孩年纪小，做事情冒冒失失的，您不要计较。"

于星衍颤颤巍巍地伸出了一根手指。

他指着那个看着他笑得促狭的男人，心中仿佛有千万头野马奔腾而过。

他，好像，曾经，在这个男人面前夸过在野！还叨叨了一大堆！

啊——

于星衍的耳朵红透了，脸上也开始泛起了红晕。

许原野不紧不慢地接着封艺的话，问道："小朋友，签名签在哪啊？"

看男人不像是生气的样子，脸上还盛满了笑容，虽然这笑容里都是调侃的意味。封艺松了口气，赶紧从包里拿出一早就准备好的笔和本子递给了于星衍。

于星衍不好意思让封艺等，他接过纸笔，看着许原野脸上浓得化不开的笑意，一时之间只觉得心头的情绪越来越复杂了。

明明不该生气的。

但是于星衍心里的难堪和酸涩却越来越汹涌，甚至完全压过了知道在野就是自己的室友时的惊讶和尴尬。

可是许原野却还是看着他这样笑，那样的高高在上，那样的胜券在握，看着他的时候，就像看着无理取闹的小孩一样。

或者是，看着什么很好笑的笑话。

是啊，这样的自己，在他面前不就是个笑话吗？

每天都能在家里听到小粉丝对他的夸奖，甚至还追他追到公司里来了。

很高兴吗？

于星衍捏着本子的手用力得指骨都泛白了。

少年敏感脆弱的自尊心被扎得千疮百孔。

他想起自己刚刚才给这个自称无业游民的男人打赏了一万块钱，心中那摇摇欲坠的，压死骆驼的最后一根稻草最终还是落下了。

封艺是个人精，很快就看出来了这两人的气氛不对劲，她在心里疑惑地皱了皱眉，打算拿手机出来给周叶发条消息。

于星衍却已经像个炮弹一样冲到了许原野的面前，把本子和笔狠狠地放在男人伸出来的手上。

许原野和他离得很近，男人低下头，看见仰着脸蛋看他的小朋友的眼睛里好像还泛着些亮晶晶的光芒。

少年气得尖锐又沙哑的声音在他耳畔炸响。

"许原野，你很得意吗！我告诉你，我不是你的粉丝了，从现在开始！再也不是了！"

于星衍很少发这么大的脾气。

他抹了把眼睛，扭头就往楼梯间跑，许原野伸手去抓都没有抓住他的衣角。

男人手上还拿着本子，笑意却僵在了脸上。

他不顾封艺的目光，下意识地追了上去。

于星衍不知道自己是怎么下的楼梯。

他情绪来得猛烈，身上的力气好像全数在刚刚吼许原野的时候用出去了，不高的台阶走得晃晃荡荡，差点摔跤。

凭什么呀？

凭什么看着他像个傻子一样在自己面前奉承夸奖，却什么都不说。

凭什么骗他自己是个穷人，骗他自己没工作。

明明问了他的，戏弄他很好玩吗？

就因为他比他小，就因为他是个小朋友，就可以把他玩弄于股掌之间，在见到他的时候一点歉疚也没有，还笑得那么讨人厌！

于星衍想着自己像只哈巴狗一样巴巴地在电梯间等他，想着自己花那么多钱打赏他，只觉得自己傻透了。

于星衍被许原野拉住的时候，眼泪已经从眼眶里掉了出来。

他转过头，男人被他红着眼眶的模样吓了一跳。

还真哭了。

许原野把于星衍拉住，他这么多年的人生里第一次遇到这种不知道如何是好的情况。身上也没有带纸巾，另一只手里捏着本子和笔，完全派不上什么用场。

于星衍不想让许原野看到自己这副可怜兮兮的样子，也不想让许原野再笑话自己，咬着牙就要挣脱男人的手，赶紧躲回周叶的办公室里去。

许原野弯下腰，叹了口气，拽着于星衍的手轻轻晃了晃。

"对不起，于星衍，我和你道歉。"

气头上的于星衍差点脱口而出那句经典的台词——道歉有用的话，要警察干吗？

他气鼓鼓地挣开许原野的手，跑下了楼。

许原野的道歉被堵了回去，男人站在台阶上，看着于星衍跑走的背影，烦躁地把本子敲在了栏杆上，发出了一声闷响。

周叶开完会回到办公室的时候，已经看到了封艺给他发的微信，他沉着脸推开办公室的门，看见的就是蜷在沙发角落里闷闷不乐的于星衍。

男生的眼睛还有些泛红，《扶山》的全套精装书被零散地扔在沙发的另一边。

周叶走过去，在于星衍的旁边蹲了下来，摸了摸他的头，柔声道："怎么了衍衍，在野欺负你了？舅舅去帮你报仇好不好。"

他只知道于星衍和在野起了冲突，忧心忡忡地赶了回来。

于星衍抬起头，声音冷冷的，"在野就是许原野。"

"是许原野……啊？"周叶愣了愣，"你室友？"

影视部不是他主要负责，他只知道有这么个项目，批了钱而已，并不清楚那么细的东西，不然也不会叫于星衍过来见偶像了。

　　于星衍不好意思说自己是因为被伤了自尊才发火的，那样显得太无理取闹了。

　　他在沙发上冷静了一个小时，理智渐渐回笼，但是心里的情绪依旧没有消散。

　　愤怒像突如其来的暴风雨，狂风骤雨席卷而过，在他心里留下了一片狼藉。

　　理智告诉他，许原野只是和他合租的室友，他们素不相识，如今也不能算熟悉，男人不告诉他很正常，说不定许原野的朋友也不知道他写小说呢。

　　可是，心里总有个什么东西在作祟，一直源源不断地提供着酸涩和难过，把他的五脏六腑都搅得生疼。

　　如果……如果许原野没有教他学漂移板，没有去看他比赛，没有请他吃饭……

　　他会这么难过吗？

　　得不到答案的于星衍在这一个小时里，怅然又迷茫。

　　这些天和许原野住在一起的一幕幕像放电影一样在他眼前闪过。

　　他邀请他来看自己的比赛，抛下小伙伴去和他一起吃夜宵。

　　就连本不该如此生气，不该发火的事情，都那样猛烈地爆发了。

　　于星衍觉得自己整个人都变得很奇怪，哭的时候自己都没有意识到，眼泪好像是被拧开的自来水龙头一样唰唰地往外流。

男生失魂落魄地把那些精装书拿起又放下，整个人像被扎瘪的气球似的，气此刻已经被放得一干二净。

是羞窘吗？是愤怒吗？

于星衍不知道。

他只知道现在自己心口的酸涩和难过。

周叶把于星衍从沙发上拉起来，看了眼那堆散落的书，想要拿走，以免于星衍看了更生气。

谁知道他刚伸手去拿书，还在出神的外甥却开口了。

"舅舅，书给我吧。"

周叶挑了挑眉，只当是小朋友气来得快去得也快，把书递给了他。

"好了，不生气了？许原野不告诉你也是正常的，想想，喜欢的作者和自己住在一块，随时都能得到第一手情报，不开心吗？"

于星衍低头默默地把书整理好放回包里。

刚刚他不是没有想到这个。

但是……他好像已经不再在意许原野是在野这件事了。

于星衍捏了捏书包带，把嘴唇咬得泛白。

他好像，只是不希望，许原野骗他而已。

周叶下午还有事，没法带于星衍去散心，舅甥俩匆匆吃了顿午饭，周叶苦恼地看着还在游神的于星衍，不知道该把他带去哪。

送回嘉城新苑吧，害怕于星衍不想见到自己的室友，回学校吧，又是周末，于星衍还没有床位。

要不然带回自己公寓？

可是……想到昨天晚上没收拾的一片狼藉，周叶决定还是在于星衍面前给自己留点底子。

倒是一直沉默不语的于星衍先开口了。

"舅舅，送我回南山花园吧。"

南山花园，于家的别墅就买在这个九湖湾畔配置最奢华的小区里。

"你要回家？"周叶有些惊讶，要知道于星衍出来的时候可是和于豪强大吵一架，以于星衍的倔脾气，他还以为于星衍不会那么快回去呢。

于星衍闷闷地"嗯"了一声。

说到底，他最熟悉的地方还是自己家里的房间，现在他只想回去抱着自己的抱枕仰头睡一觉，什么都不去想。

周叶听到他愿意回家，自然是高兴的，二话不说就踩下油门，往南山花园开去。

到家的时候，是下午两点，日头正猛，把别墅门前的小道晒得发烫。

于星衍也没有想过自己回来的时候不是和于豪强和解，而是回来躲难了。

他什么都没拿，背包里全是许原野写的书。

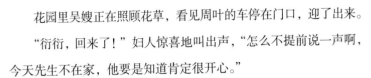

花园里吴嫂正在照顾花草，看见周叶的车停在门口，迎了出来。

"衍衍，回来了！"妇人惊喜地叫出声，"怎么不提前说一声啊，今天先生不在家，他要是知道肯定很开心。"

听到于豪强不在家，于星衍心里一松，和吴嫂打了招呼，径直上楼了。

他的房间在三楼，是个小复式，阁楼也是他的，爬上去可以把天窗打开来看星星。

虽然一个多月没住人，房间依旧被打扫得很干净，所有摆设都保持着他走的时候的样子，被子是新晒过的，看起来松软又舒适。

于星衍把包扔在窗边，扑到自己柔软的大床上，抱着被子蜷成了一团。

昨晚因为太过兴奋，他没怎么睡着，本来就很困，现在回到了熟悉的环境里，很快就昏昏沉沉地睡了过去。

他回来的时候忘记调空调，裹着被子睡了一觉，出了一身汗。

于星衍摸了摸自己的脸，茫然地起身，在衣柜里拿了换洗的衣服，去浴室冲了个澡。

今天他一点泡澡的心情都没有。

睡了一觉，时间已经到了傍晚时分，五点多的嘉城夕阳余晖刚刚洒落，于星衍穿着干净的短袖出来，站在窗边，看着这一室昏黄，只觉得有些不真实。

早上和室友发脾气的那一幕，就像是昨日发生的事情一样。

于星衍摸了摸头，已经无法体会到当时那种又羞又窘，难堪愤怒的心情。反而是后来在心里盘桓的酸涩还有一点在心口，隐约作痛。

　　于星衍木木地拿起手机，看了眼微信，许原野给他发了条消息。

　　X-Y：回来吃饭吗？

　　于星衍扯了扯嘴角，没有回复。

　　他发现，自己可能真的就像许原野和周叶觉得的那样，是个小孩子。一遇到事情，就只想着逃避。

　　现在他就很想逃，逃得离许原野越远越好。

　　于家的饭点是晚上六点，于星衍下楼的时候，吴姨已经做好了饭。

　　客厅里除了忙碌摆盘的吴姨，还有两个陌生的身影。

　　坐在沙发上穿着真丝睡袍一边打电话一边看电视的后妈王菁菁，还有她上小学长得像土豆和番薯杂交品种一样的儿子。

　　显然王菁菁的儿子全数没有遗传到他妈的基因，长得应该和他爸十成十的像。

　　看见于星衍下楼，吴姨笑得开了花。

　　"衍衍，睡醒了啊，快来吃饭，今天吴姨做了你最喜欢吃的糖醋小排还有咕噜肉。"

　　女人听到吴姨的话，懒散地抬起拿着电话的手臂，斜斜地望了过来。

　　"哟，衍衍回来了啊，怎么不提前说一声，我好去接你啊。"

女人的语气吊得很长，也不知道是不是因为于星衍离家出走的这段时间里过了舒服日子，愈发理直气壮起来。

她轻轻在自己儿子的脑袋上拍了一下，嗔怪道："龙龙，还不喊哥哥好？没礼貌。"

小土豆正在打游戏，眼睛都不带转的，飞快地应付了一句"哥哥好"，就继续打自己的游戏去了。

于豪强不在，装都懒得装一下。

于星衍看了眼因为他回来而忙前忙后的吴姨，在心里告诉自己就忍这么一次。

他走下楼梯，没说什么，径直往餐桌去了。

于星衍懒得理会王菁菁和她的土豆儿子要不要吃饭，把碗筷拿起，就准备开吃。

王菁菁倒是挂掉了电话，眼睛一秒都没离开过于星衍。

看见于星衍不管她娘俩自己就要开始吃饭，嘴角扯出了一抹冷笑。

"龙龙，快别玩了，没看见你哥哥饿了吗，别让他等咱们呀。"

阴阳怪气，话里有话。

于星衍的动作一滞。

他心情本来就不好，这女人还火上浇油。

于星衍回过头，眼睛瞥过土豆手上拿的手机。

这手机壳，真眼熟。

是他向来用的牌子，一般是出了新的就会换，淘汰的也不卖，

145

就放在房间里收藏。

后来有一次吴姨的手机坏了，他就把换下来的手机借给她用了两天，里面的东西都清干净了，也没有密码。

吴姨早就还给他了，于星衍不记得自己扔在了哪里，可能随手放在了家里的某个角落。

好家伙，现在这小土豆倒是用得顺手啊？

于星衍饭也不吃了，把椅子挪开，站了起来，往沙发那边走去。

王菁菁看他过来，脸上的神色又那么黑，下意识地往后仰了仰，回过神来又觉得自己是他名正言顺的后妈，不需要这么怕一个小孩子，很是装模作样地又坐直了。

于星衍走到土豆旁边，一把抽过小男孩手中的手机。

他看了眼上面游戏的画面，把手机拿在手上抛了抛。

"怎么，用我的手机，不需要和我说一声吗？"

王菁菁听到他说这个，脸上有点挂不住，但是她也有自己的一番道理，"这手机我是在客厅看见的，没有密码相册里也没东西，用旧了的东西，谁知道是谁的。龙龙年纪小，给他买新手机不合适，让他用旧的正好。"

于星衍冷笑一声，"怎么，连给自己儿子买手机的钱都没有，还是于豪强不乐意给这个钱啊？后妈，和我说啊，我的旧手机太多了，随便送。"

土豆心系自己的游戏，见于星衍拿着手机不还，"哇"的一声就要哭。

于星衍慢条斯理地把手机壳从手机上剥了下来。

他把手机壳放在王菁菁面前晃了晃。

"不好意思，后妈，这个手机壳是联名限量的，我不舍得送，至于手机嘛，就送给你儿子，我这个当哥哥的也没送他什么礼物，不好意思啊。"

看着王菁菁青一阵红一阵的脸色，于星衍挥了挥手，上楼拿了自己的书包，饭也没胃口吃了，就要出门。

吴姨有些焦急，但她到底只是给于家打工的，掺和不上主人家里的事情，跟出去送了于星衍一路。

于星衍看着吴姨关心的神色，温声宽慰道："吴姨，没事，就是辛苦你做菜了。"

他提前在软件上打了车，等了一会儿，终于有人接单。

于星衍坐上车，心中有些茫然。家里也变味了，到处泛着一股令人作呕的味道。

周叶晚上还有事，他也不好去打扰。

王小川和叶铮现在也不适合去见，他们看见他这样肯定又要关心，可是他什么都不想说。

他的定位是嘉城六中，师傅看他年轻稚嫩，以为他是要回学校，一路上不停地和他吹嘘自己的儿子有多么厉害，成绩多么好，这次中考一定也能考上嘉城六中。

于星衍心里又酸又难受。

他初中的时候，也是一直拿第一名的，于豪强一开始还会惊喜赞叹，到处和别人炫耀，后来却把他拿第一当成了理所当然的事情。

之后无非是考了好成绩，给他打一笔钱。

于豪强喜欢可以由他拿捏的，听他摆布的，漂亮的，温顺又听话的女人。

在他面前娇柔顺意就好了，至于其他的，于豪强并不是很在乎。

可是于星衍在乎。

他母亲去世得早，于星衍小时候总是期待着，于豪强能娶一个温柔又善解人意的女人，能够懂他照顾他，像对亲生儿子一样对待他，他也会把她当成妈妈来对待。

可是于星衍始终没有等到。

最后，成为他后妈的，还是他最讨厌的那种人。

于星衍以为于豪强还是爱他的，他不顾自己的面子，和于豪强大吵一架，可是最后于豪强还是和王菁菁领了结婚证。

其实于星衍知道，没有王菁菁，还有李菁菁、张菁菁……可是他实在是无法在那样的环境里待下去了。

他最后只能离家出走。

于星衍从来没有告诉过任何人，他有多么羡慕叶铮和王小川的家庭。父母恩爱和谐，虽然住的房子没有他们家大，但是温馨。

网约车把他送到嘉城六中校门口的时候，天已经彻底黑了。

于星衍站在学校门口，背的包里还装着十本厚厚的书，勒得他肩膀生疼。

要去哪呢？

于星衍想起今天早上他和室友发火，觉得自己确实很可笑。

他看起来受尽宠爱长大，但是却始终害怕没有人在乎自己。

小时候，于星衍总觉得，如果周叶是他的爸爸就好了。后来，他认识了叶铮和王小川，看见他们的父母会认真地出席他们每一次的家长会，会在比赛的时候到场给他们加油，中考完以后，叶铮和王小川都有父母在校门口等着给他们送花。他的羡慕和嫉妒藏在心里，他装作满不在意的样子，请班里人出去吃饭唱歌，身边热热闹闹，可是回到家里，只有吴姨在等着他，关心他的中考成绩。

于星衍从来没有和任何人说过自己这些隐秘的心思，他常常会唾弃自己，天底下有那么多比他过得难多了的小孩，他凭什么因为这点事情而困扰？于豪强没有苛待他，没有打过他，他一直是别人眼中艳羡的对象，这点烦闷和不安，好像算不上什么。

他一直想，只要自己长大一点，再长大一点，就会好的。

可是直到今日，他才发现，自己一直没能真的做到不在乎。

他渴望有人给他送花，渴望有人教他学习，渴望自己站在台上的时候，有人是为他而来。

于星衍没有想到，他一直求而不得的东西，被这个可能只是生命里萍水相逢的室友满足了他。

这些事情，于豪强从未做过，他只会给他转钱，然后在好不容易相聚的饭桌上吹嘘自己最近的丰功伟绩。

于星衍潜意识里把许原野当成了一个可以依靠的人。

许原野也许只是因为他是小孩子，顺手照顾了他，他却把这些看得那么重。

因为在乎，所以敏感，所以难受，所以不希望许原野高高在上。他是个贪婪鬼，别人对他好一分，他就得寸进尺，希望能够再得到三分。

星期六的傍晚，六中门口有等着接小孩的高三家长，也有些家长提着保温桶站在校门边，陪着留校刻苦的孩子喝汤。

于星衍一个人背着包坐在大树下的长椅上，看着这平凡温情的时刻，突然好后悔自己早上那样不管不顾地和许原野发脾气。

以后，许原野是不是就不会对他好了？

他那样无理取闹，也不乖。

许原野只是他的合租室友而已，有什么义务要对他好呢？

他是在野，那么多读者喜欢他，他根本就不缺钱。

他只是把他当成好玩的小朋友，闲暇的时候逗逗他，可能背地里还会嫌弃他麻烦。

于星衍吸了吸鼻子，愈发不敢回去见许原野了。

他肚子咕咕叫，刚刚吴姨做的美食一口都没尝到，于星衍越想越委屈，走到卖糖糍粑的小摊旁边买了一盒，圆圆的糍粑滚在糖粉里，看起来雪白可爱。

他用牙签叉起一个放入口中，被人工制造的甜味躺住了喉咙，干咳了几声，又去买了瓶水。

于星衍有些茫然地坐在长椅上，身上也没有带身份证，他好像还是得回嘉城新苑的。

虽然自己刚刚打车回了六中，其实，潜意识里他是想回嘉城新苑的。

只是他畏惧、害怕，不想见到许原野对他疏离的样子。

就在他举足不定的时候，手机在兜里震响。于星衍掏出手机，是许原野的微信电话。

男生咬住嘴唇，接起了电话。

"于星衍，你在哪里？"许原野电话里的声音听起来很严厉。

"你舅舅和我说你从家里跑了，这都一个多小时了，你去哪了？"

于星衍揪了揪手指，小声地说："我在学校门口……"

"你在学校门口？"

许原野早上被劈头盖脸骂了一顿，一天没见到于星衍，又听周叶说小孩从家里跑了，担心他会出什么事，开口不自觉就有点凶。

没想到这个小孩居然从家里跑回了学校……

许原野听周叶说了一些于星衍家里的情况，心中不免产生了些怜惜。

形单影只的童年，被父母用钱打发的时光，他也经历过。

许原野放缓了语气，声音从电话的那边传来，带着些嘈杂的电流声，却显得温柔又低沉。

"于星衍，你现在回来，路上帮我带瓶可乐。我给你做糖醋小排，还有可乐鸡翅，好不好？"

任哪一个认识许原野的人听到他现在说话的语气，估计都要惊掉眼球，许原野居然也会哄人！

听到关切的声音，于星衍吸了吸鼻子，小声说："好。"

于星衍拎着可乐回到嘉城新苑的时候，饭菜的香味已经弥漫了整个客厅。

他蹑手蹑脚地走到厨房，看见围着围裙的男人正在低头做饭。

青菜在锅里翻炒，雾气蒸腾，于星衍把可乐放在料理台上，轻轻地和许原野打了个招呼。

"原野哥，我回来了。"

男人穿着一件灰色的针织衫，勾勒出挺拔流畅的身材线条，垂着眸炒菜的时候眼神专注，英俊凛冽的气质被身上的碎花围裙所柔和，显得有几分温情。

许原野听到男生有些心虚的招呼声，稍稍偏过了头，看了一眼于星衍。

那双早上红红的兔子眼现在倒是恢复了正常，就是看起来有点蔫巴，像是干掉的小白菜似的。

许原野"嗯"了一声，道："去坐着吧，一会儿吃饭了。"

于星衍不知道为什么，听着这平常普通的一句话，心里涌上了一股酸涩难忍的热流，他揉了揉鼻子，又看了一眼做饭的男人，才转身出去。

于星衍坐在座位上，因为他一天的失联而感到奇怪的叶铮和王小川又在群里面找他了，于星衍回复他们自己昨晚熬夜看了小说，所以白天都在睡觉。

王小川：上次衍哥说好看我还不信，昨晚我自己去看了，真的好看，看得我昨晚都没打游戏。

叶铮：就你的文化水平，看得懂吗？

王小川：我纵横网络小说的时候你还在吃辣条呢！

如果是平时，于星衍一定会加入好友们吵闹的聊天中，但是今天的他却兴致缺缺，特别是看到他们在聊许原野写的小说，更是说不出来的别扭。

男人端着糖醋小排出来的时候，天已经彻底黑了。

今日的夜色光景很好，云雾稀疏，月牙明亮。

于星衍看着这一桌色香味俱全的饭菜，就好像在烟火纷忙的尘世中找到了一隅归处，他年纪尚小，其他多余的词汇没有，只是觉得这里比那个空荡荡的别墅更加像一个"家"。

许原野脱掉围裙，从冰箱里拿出了几听啤酒。

看着于星衍闷闷的样子，他朝男生举了举手中的啤酒，问道："会喝酒吗？"

于星衍其实没喝过酒，但是他为了维护自己衍哥的面子，略有一点结巴道："会……会喝。"

许原野把啤酒上的拉环抠开，给于星衍倒了一杯，白色的气泡滋滋地漫了出来，于星衍目不转睛地看着啤酒杯，害怕会洒。许原野倒酒很熟练，一杯满满的啤酒倒好，一滴都没漏。

"吃饭吧。"许原野拿起筷子，自己也打开一听啤酒。

于星衍把头凑到玻璃杯旁，小小地啜了一口杯中的酒，结果喝了一嘴气泡。

他咂了咂嘴，难掩脸上嫌弃的表情。

还说会喝酒呢。许原野余光瞥到男生的小表情，在心里笑了一声，但是这次他不敢笑出声，免得惹得青春期的敏感小朋友又生气。

于星衍和许原野谁也没提今天早上的事情，两个人沉默地吃着饭。

于星衍夹了一块排骨放入嘴里，今天的糖醋小排没有上次吃到的甜，但是不知道为什么，于星衍却觉得比上次的还要好吃。

许原野声音浅淡道："人在心情不好的时候，可以喝一点酒。"

于星衍愣了一下。

他回过头，有些难以启齿，但是又不得不开口道："原野哥，我不是因为今天早上的事情心情不好……今天早上是我反应过度了，我和你道歉。"

许原野拿起啤酒罐喝了一口。

"我知道，你也用不着和我道歉，我也有错。"许原野说道。

于星衍不知道自己这算不算是成功过关了，只能埋下头去喝酒。

一口、两口、三口……

于星衍喝得急，小脸很快就被熏得红红的。

啤酒的滋味也不怎么样，涩而苦，气泡绵密细软，入口以后于星衍咂吧咂吧嘴，又喝了一大口。

"你心情不好的时候也会喝酒吗？"他端着玻璃杯，鼓起勇气去问许原野。

许原野笑了笑，说："当然会。"

于星衍看着这个好像无所不能的男人，有些想象不出他脆弱的样子。

他不知道许原野具体的年龄，只知道大概是二十多岁。

想到这里，他甚至有些后悔自己为什么没有在签合同的时候偷偷看一眼许原野的身份证。

不知不觉间，一杯酒喝完，于星衍又给自己倒了一杯。

喝酒为什么心情会变好呢？他在脑海里不解地想。

是不是因为，酒不好喝，以毒攻毒，所以心情会变好啊。

他晃了晃头，丝毫没察觉到自己因为酒意产生的异样。

这样的情形落在许原野的眼里，对面的于星衍晕乎乎地摇着头，像只笨手笨脚的小企鹅，捧着杯子啜饮着。

"你真的不生气了吗？"男生的语气很认真。

今晚这顿饭许原野已经听他道了两次歉，却还是认真耐心地回道："不生气了。"

于星衍确认了许原野真的不生气后，喝多的小孩似乎又大胆了些。

他放下装着啤酒的玻璃杯，拖着椅子蹭到了室友旁边。

"原……原野哥，你什么时候开新文啊？写的什么内容啊……"

说完以后，于星衍又作出发誓的手势，换上了一脸信誓旦旦的表情。

"我……我保证，不告诉别人！"

许原野看着这样憨态可掬的于星衍，他声音低沉地说道："你去洗澡睡觉，睁开眼睛的时候，就能看到了。"

"那我想泡澡，原野哥。"他自然地朝许原野说道，就像在家里和吴姨撒娇一样。

许原野什么时候被人家吩咐过干这干那的？但是看着于星衍灼灼的目光，他莫名觉得好像不去帮于星衍放水都是对不住他。

许原野在心里叹了口气。没办法，谁知道这小孩喝这么一点都能喝晕呢。

他站起来，走到卫生间，去帮于星衍放水。

于星衍看见许原野往卫生间走，连忙跟上去缀在男人后面，像一个小尾巴一样。

还是很多事的小尾巴。

"我要放这个橙子味的入浴球！"于星衍在许原野的身后探出脑袋，发号施令。

许原野举起手把放在架子上的入浴球递给于星衍，看着呆站在原地的男生，无奈道："难道衣服你也要我帮你拿？"

于星衍"哦"了一声，捏着入浴球去拿衣服了。

浴室的雾气蒸腾起来，许原野回到客厅收拾碗筷。

许家大少活了这么些年，头一次像一个保姆，还是因为一个十六岁的少年。

他感觉自己就像朋友圈里那些养了猫的人，家庭地位一下子就下降了。

许原野收拾着碗筷，浴室里传来了男生激烈高昂的歌声。

男生模糊的歌声落入耳里，许原野洗着碗，突然觉得其实这样的生活也不错。不像以前那样活得麻木，如同行尸走肉，让他的心，也沾染上蓬勃明亮的鲜活气息。

于星衍睁开眼的时候，房间里的光线柔和明亮。

他感觉脑后像是针扎了一样疼，于星衍揉着头坐了起来，记忆恍如流水一般慢慢地浮现。

昨晚……他好像，喝醉了？

于星衍茫然地抱着被子，不敢置信自己居然喝了三杯啤酒，就喝醉了……

那些喝多了以后干的傻事一点点浮现在脑海里，于星衍恨不得把被子盖上，重新回到睡梦中来逃避这惨烈的现实。

他像只八爪鱼一样在床上翻腾了一会儿，最终决定一不做二不休起来面对。

目光逡巡过房间，于星衍的视线落在床头柜上。

那里贴心地摆着一杯水，旁边放了两摞厚厚的书。

　　于星衍愣了愣，心跳漏了一拍。他伸出手，拿起了一本。

　　是《陨星》的典藏版实体书。

　　他翻开了书封，扉页处龙飞凤舞地写着两个筋骨疏朗的大字——在野。

　　于星衍微微张开嘴，他不敢置信地拿起床头柜上的其他书，发现每一本上都写上了签名，而且是用钢笔写就，笔锋用力处微微渗出了墨迹，每一个签名都有细微的不同。

　　于星衍一本一本地翻开，翻到《扶山》最后一册的时候，扉页上还多了一句话。

　　分明是那样风骨潇洒的一笔字，写的内容却那样温柔。

　　好好吃饭，快点长大。

满天星

11

十月，秋日无声无息地来临。

高一（1）班每个月都会按照月考成绩换一次座位，一大早，挪动桌椅的咣啷声便响了起来。

于星衍这次考得没有上次摸底考试好，准备歌手大赛终究还是耗费了他的精力，不过也不是大考，于星衍并不是太在意。

第一名是陈正威，这次于星衍记住了他的名字，毕竟宣布成绩的时候陈正威一直盯着他，于星衍想不记住他都难。

周谦和于星衍坐了一个月的同桌，居然生出来了一点同桌情谊，见到于星衍要走，表情颇有些依依不舍。

于星衍是班里第三名，有第三个选择同桌的权利，他选了身高视力和他差不多的叶铮，至于王小川，又高又壮的他还是逃不过坐最后一排的命运。

显然王小川对这个结果非常愤懑不平，一直到中午吃饭，都还在生气。

"下次我也要考到前二十，优先选同桌！"王小川握着拳头，语气坚决，神情坚毅，斗志满满。

叶铮在旁边嗤笑，道："那你这周末别去刷街了，待在学校学习吧。"

王小川一听立刻讪笑，心虚地说："漂移板好不容易练出来了，怎么能不去呢。"

说到这个，王小川转头去问默默扒饭的于星衍："衍哥，我们星期六和漂移板社的人一起去刷街，你去吗？那天你走得急，都没来得及问你。"

于星衍星期六也没什么事，他点了点头，答应了。

月考过后，高一被社团活动和比赛冲淡的学习氛围又浓郁了起来，一周下来高一（1）班的同学基本上都在加倍认真学习，倒显得和平时一样的于星衍特殊了起来。

周五的最后一节自习课，于星衍闷着头睡醒一觉，叶铮指了指门口，对他挤眉弄眼。

三五个女生成群结队站在门口，正探头探脑往里面望。

快要放学了，坐在第一排第一个的女生把门打开一条缝，问道："找谁啊？"

叶铮对于星衍做口型，无声道："于——星——衍——"

果不其然，下一秒，开门的女生就回头朝于星衍和叶铮的那排看了过去。

下课铃声响。

于星衍知道这些女生是提前溜出来堵他的，他背上书包，从桌洞里拿出手机，转身就从后门往外走。

叶铮朝王小川做了个跟上的手势，两个人勾肩搭背地走在于星衍的身后为他打掩护。

只顾着盯前门的女生没注意到后面有人悄悄离开，于星衍得以顺利脱逃。

歌手大赛夺冠后于星衍的人气一度超过了前校草许原景，顺利登顶六中的热搜榜首位，这些天来找于星衍的女生实在太多了，于星衍现在连应付都懒得应付，每次都躲着走。

三人回了一趟社团活动室取漂移板，确定好明晚见面的时间以后便各自散了。

翌日。

于星衍和许原野备过案，晚上九点多，他换上了一身轻便的运动服，背着漂移板打车到了九湖湾的湖畔公园。

自从那次吵架过后，于星衍和许原野的关系又好了不少，至少于星衍敢和许原野说自己晚上要出去玩了。

位于市中心的湖畔公园占地面积近乎奢侈地大，也没有什么门禁管理，沿着嘉阮江而设，有一条适合飙车和滑板的弯道。

湖畔公园旁就是九湖别墅区，除了南山花园以外最贵的别墅就是这里了。

走到集合地点，漂移板社团的骨干成员已经来齐了，打头的除了崔依依、蒋寒这些和于星衍三人比较熟悉的前辈以外，还有很多他们不认识的人，都是崔依依的朋友。

一群年轻人聚在一块，个个都赶在潮流前线，什么风格都有，很是扎眼。

王小川、叶铮和于星衍集合，三个人不远不近地站在崔依依和蒋寒的斜后方，等了大概有十分钟，在窃窃私语中等到了许原景的身影。

和他们来的方向不同，许原景是从别墅区那边走过来的，步子不紧不慢，穿着黑色的纯色短袖和一条扎腿的运动裤，手里拎了俩漂移板，除此之外什么都没带。

王小川小声说："景神真是住九湖湾的静水楼阁啊，太牛了吧。"

湖畔公园只有三分之一是公共的开放区域，剩下三分之二都在静水楼阁内部，什么好风景都囊括了。

大家都对许原景的家世有所耳闻，没谁真的做出大惊小怪的姿态，最多也就是像王小川一样私下里感叹一下。

谁都知道，如果许原景的姓真是嘉城地产龙头老大许家的许，那许原景住静水楼阁就一点都不稀奇，毕竟整个小区都是他们家的。

晚上十点，活动正式开始。

夜跑和遛狗的人已经少了许多，少男少女们踩着漂移板潇洒地在嘉阮江畔穿行，夜风从他们身边经过，调皮地掀起衣角裙袂。

运动会让人产生快感，特别当身边有朋友一起的时候。你追我赶，放眼是江畔繁华炫目的嘉城夜景，耳畔是朋友们爽朗的笑声，在这样畅快淋漓的情境下，于星衍的嘴角也忍不住勾出了一抹笑容。

不时有死飞族和玩滑板的群体从他们旁边经过，一旦赶超，还会回头朝他们发出嘘声，崔依依显然和这群人都很熟悉，对他们比了个中指，指挥着大伙冲上去。

晚上十点多，不知道是谁在江畔放音乐，节奏感很强的电子舞曲给这温柔又多情的夜色增添了几分年轻的气息。

滑了半小时，王小川气喘吁吁地扶着腰停了下来。

叶铮和于星衍看见他跟不上，也停下了滑行，凑到了王小川的身边。

叶铮递了瓶水过去，问道："还行吗你？"

王小川累得大汗淋漓，摆了摆手，喘着粗气道："缓一下，我还能滑。"

不怪崔依依他们之前一直不带高一新生出来活动，实在是晚上刷街也是需要体力的，湖畔这条道已经算是好滑的了，如果换成街区，又要顾着路况又要速度，估计他们半个小时都坚持不下来。

于星衍在王小川旁边微喘着气，他的体力也没有好到哪里去，完全是靠着自尊心在强撑。这会儿王小川先投降，他也好跟着休息一会儿。

三人歇了五分钟，重新踩上漂移板，追着大部队而去。

骨干们滑得很快，这么一会儿视野内就已经在看不见人影了，好在这条道没什么岔路，直着往前追总是能追到的。

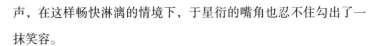

满天星

stars and fields

165

又路过了一座跨江大桥，身后的音乐声已经听不到了，愈是往前愈是幽静，连夜跑遛狗的人都见不着几个。

拐过一个弯，三人终于看到了大部队的尾巴。但是居然不是在主干道上，而是在一条岔路的路口处。

路灯昏黄，岔路口两端各站了一群人。

一边踩着漂移板，一边骑着死飞自行车。

于星衍他们交换了一个疑惑的眼神，走到了队伍的后面，他们站在最边上，岔路口里面黑压压的，怎么都看不清楚另一群人的样子。

为了照顾新人，漂移板社团没有选里面那些复杂错落的小道，而是选了平坦的大道。玩死飞的这群人则是专门挑难的路骑，两群人之前一直没撞面，却在这个交会的路口撞见了。

简而言之，冤家路窄。

王小川干啥啥不行，看热闹第一名，用自己伟岸又汗淋淋的身躯开路，为三人挤出了一个小缺口看八卦。

这会儿，于星衍终于看清楚了是怎么一回事。

崔依依站在最前面，旁边是蒋寒和许原景，还有几个于星衍不认识的前辈，而对面因为光线太暗，只有站出来的那个男生看得真切，后面就是乌漆墨黑的一坨，依稀能辨认出人数不少。

"蒋寒！你滚出来！"那个打头的男生看了一眼蒋寒，不客气地说道。

蒋寒平时和他们嬉皮笑脸的，现在沉下面容，风流的桃花眼冽着寒光，气场倒是一点都不逊于对面的肌肉壮汉。

"邵子义，你大脑是不是也练成肌肉了？"崔依依把想说话的蒋寒拦住，上前一步，那张艳丽的面孔盛满不屑，"就你最多事，自作多情以为你是我的谁啊？嗯？"

邵子义瞥了眼崔依依，粗着嗓子说："没你的事。"

崔依依气得发笑。

"我要和蒋寒说话，你是他女朋友吗？是你就留下，不是你就带着你的小朋友走。"邵子义朝蒋寒勾了勾手，挑衅道，"听懂了吗蒋寒？"

"我去……"王小川小声和好友分享自己的震惊心情，"我还以为是群体战争，没想到居然是依依姐的爱恨情仇。"

蒋寒捏了捏手指骨，二话不说就要往那边走。

邵子义嘲讽地看着他，坐在单车上，一只脚踏着地面，抱着手臂等他走过去。

就在这时，许原景突然走上去伸手拉住了蒋寒。

男生眉目冷峻，说话也很冰，"周铖，出来吧。"

吃瓜的王小川听到这个名字，心头一跳。

哪个周铖？实验中学的那个周铖吗，他们初中的那位校园老大？

他下意识地就往于星衍那里看过去，他记得初中的时候，于星衍和那位大哥可熟了。

就在王小川看向于星衍的时候，邵子义身后漆黑一片的岔道

167

里走出了一个人。

男生穿了一件皱巴巴的白色短袖，一条竖条纹的沙滩裤，脚上踏着一双人字拖，很难想象这样打扮的人是来刷街的。他生得高大，肩宽腿长，头发微卷，五官深邃硬朗，有些像混血的样子。

邵子义看他出来，嘴唇轻抿，没作声了。

万籁俱寂，两方的气氛随着各自领头人的发声而陷入冰点，特别是于星衍几人旁边的高一新生，谁都不敢说话。

只见被许原景点名的大哥漫不经心地看了许原景和蒋寒一眼，目光便顺着空当往他们身后飘。

飘到某处，目光定住了。

许原景和周钺有点私交，看见周钺这表情，心头略微有些疑惑，便顺着他的目光回头看去。

落入他视线的是王小川、叶铮……于星衍？

王小川一副惊恐的表情，叶铮的脸色也有点一言难尽，只有于星衍看起来还算镇定。

就在许原景若有所思的时候，周钺似笑非笑的声音响起了，而这声音在寂静的夜色里格外清晰。

他拖长了声调，吊儿郎当地说道："于星衍，这么久不见，你真是长能耐了啊？"

于星衍听到周钺的话，两年前的记忆在脑海中模糊地浮现，他沉默地看着朝他走过来的男生，什么也没有说。

刚刚剑拔弩张的气氛因为这一打岔而缓和了些许，就连挑衅

的当事人邵子义，脸上都露出了些惊讶的表情。

邵子义、周钺都是嘉城实验中学的高二学生。

嘉城的省重点里，最好的便是六中、实验中学以及嘉大附中，在嘉城呈三足鼎立之势，虽然这几年六中的高考成绩略微胜出，但是不可否认实中和嘉大附中也是实力强劲的两所老校。

这三所学校都分设了初中部和高中部，一般来说，初中部的同学成绩好一点的都会直升本部的高中，许原景、周钺都是初中就被保送本部高中的学生。

许原景和周钺认识是因为省里的物理竞赛，两个人分别是六中和实验的头号种子，虽然不在一个年级，但是也打过几回交道。

和许原景这样不爱出风头的性格不同，周钺在学校里可谓是让老师们又爱又恨，调皮捣蛋都少不了他一份，偏偏成绩却很好，初中的时候就是学校里的小霸王，到了高中更是无法无天。

于星衍和他有一年多没有见过面了，上一次见面，还是在去年六月份周钺中考完办的派对上。

王小川和叶铮都对周钺怵得慌。

初一刚入学的时候，王小川因为又矮又胖而被班里男生排挤，那时候班上的刺头不仅欺负王小川，在班外也是到处惹事。

王小川永远都无法忘记，自己被关在器材室挨打的时候，周钺踹门进来的样子。仅仅是因为班上的那个刺头说了几句周钺的坏话，周钺就把人家揪起来打。

王小川后来和于星衍、叶铮玩在一起，于星衍作为整个年级最好看的男生，更是有无数人看他不顺眼。如果说欺负王小川是因为他外形不好，那么欺负于星衍就是因为他外形实在是太好了。

走极端的人总是容易被排挤的。

叶铮作为他们三个中人缘最好的那个，实在是有心无力。

就在王小川以为他们三个人注定要凄惨地过完着初中三年的时候，周钺莫名其妙地就开始罩着于星衍了。中间发生了什么事王小川和叶铮也不太清楚，只知道从那以后天下瞬间太平，别说把他们堵在器材室门口，就连和他们阴阳怪气的人都变少了。

与此同时，越来越响亮的却是周钺的名字，实中的学生都以能和周钺扯上关系为荣。托于星衍的福，王小川和叶铮见过几次周钺生气的样子，除了"疯子"真的是没有第二个词可以形容。

所以，在他们知道于星衍把周钺微信删掉的时候，两个人都受到了惊吓。

周钺中考前，和于星衍说过在实中等他，于星衍转头回来就和王小川叶铮说要考六中。

王小川和叶铮还能怎么样，那就一起考六中呗。

至于周钺，他们俩默契地把这个名字束之高阁，谁都不敢提起，生怕下一秒这人就被召唤出来。

没想到，初三一年风平浪静，他们也顺利地上了六中，慢慢地开始把初中的岁月忘在脑后的时候，周钺突然出现了。

还是在这么一个奇怪的场景下。

所有人的目光都落在周钺和于星衍的身上，周钺看着于星衍，于星衍垂眸看着地面。

周钺依旧是一副吊儿郎当的样子，看着于星衍的眸光略微有些晦暗，他看着于星衍不说话的样子，回头和邵子义说道："我有事要和于星衍说，你和蒋寒的事情自己掰扯清楚。"

邵子义何尝不知道，他只不过是看着蒋寒贴在崔依依旁边不爽罢了。

许原景没想到事情发展得这么曲折突然，他皱眉和崔依依挥了挥手，"崔依依，你带着社里的人先回去。"

崔依依看着这场面真是逗乐了，"老娘还懒得管你们！"

她走之前瞥了一眼于星衍，对周钺说道："周钺，这小孩是我罩的，不管之前你和他有什么渊源，现在人到了六中，就和你没关系了，知道吗？"

王小川龟缩在树后，听到崔依依对着周钺都敢这么嚣张地讲话，心中的敬意油然而生，真是太有胆了。

崔依依从于星衍和周钺旁边走过，目光投在王小川和叶铮的身上，"你们俩过来，跟我走。"

王小川和叶铮对视了一眼，有点犹豫。

虽然他们对周钺有刻在骨子里的惧意，但是毕竟于星衍更重要，他们不是很想走。

崔依依翻了个白眼，道："我都走了，快点。"

两个人只能跟了上去。

大家散得很快，个个都和有猛兽在追一样迅速地闪人了，过了两分钟，阴暗的岔道里就只剩下五个人。

一边是许原景、蒋寒和邵子义，一边是周钺和于星衍。

周钺看着于星衍沉默的样子，散了一年多的火气不知道为什么又冒了上来。

沉默了一会儿，周钺冷笑一声，问道："于星衍，我初中的时候是哪得罪你了吗？"

于星衍依旧看着地面，回答道："没有。"

周钺继续问道："那你把我微信删掉？还让人解释说你初三不给用手机？"

于星衍听到这，抬起头，轻抿了一下嘴角，"这件事，对不起。"

周钺看着于星衍气就不打一处来，"行，那你和我说好上实中，也没来？"

于星衍小声反驳道："我没有和你说好。"

听听，这是人话吗？

周钺吸了口气，略微平复了一下内心奔腾的情绪。

他和于星衍认识纯属意外。

他初二的时候，于星衍初一，那年校运会，于星衍班上弄了个反串的舞蹈，卖点是滑稽搞笑，刚军训完的男生个个黑得跟炭条似的，头顶金色的假发穿个裙子在那跳四小天鹅，博得了全场的大笑。

于星衍装扮都弄好了，偏偏开场前说自己肚子疼，其实就是不想上去丢脸。

老师看他这样一打扮，金色假发下那张小脸更像女生了，一点搞笑效果也没有，站在男生堆里还格外显眼，于是就放他走了。

于星衍一个人在所有人都蹲在操场的时候跑到了厕所里去换衣服，而一向不参加集体活动的周钺一直跟在他后面。

从背后看，那个头发淡金色的背影纤细，个子也不高，裙摆下的两条腿又细又直，在夏日的阳光下白得发光。

周钺本来是去小卖部的，却鬼使神差地跟在了他的后面。

他是想趁机看看正脸，反正也没什么事干。

谁知道跟着跟着，这个背影可人的女生居然走进了男厕所。

天打雷劈不外如是。

等于星衍从隔间换完衣服出来的时候，看见的就是靠在洗手台上等着他的周钺。

落入周钺眼里的男生五官还未长开，脸蛋有些婴儿肥，杏眼圆圆，皮肤白皙，还有一颗小唇珠。

于星衍这副样子让人莫名地产生一种保护欲，他叫住于星衍，问了他班级姓名，从此以后，于星衍就被周钺罩着了。

于星衍本人对此十分茫然，在他看来，自己和周钺仅仅是认识而已。

后来，周钺偶尔也会叫上于星衍出去玩，而于星衍又叫上王小川和叶铮。

周钺自己也不是很明白自己为什么这么照顾于星衍。

站在周钺对面的于星衍努力回忆之前的过往，很奇怪的是，他的心里除了一点对曾经做的事情有些愧疚以外，更多的是被触碰领地的难受。

　　周钺丝毫不会掩饰自己身上张扬的侵略性，被他看着的时候，于星衍感觉自己的肉好像都要被他撕下来一块。

　　这让他想起诱发他删掉周钺的那件事。

　　周钺初中毕业的派对，来了形形色色的人，KTV 包厢里的歌声震耳欲聋，光球转动，灯光迷离。

　　于星衍有些受不了这样的氛围，但毕竟周钺帮了他和他的两个朋友，让他们能够不被干扰地学习，他觉得自己不能扫兴。

　　倒是周钺看出了他的难受，撇开其他狐朋狗友，和于星衍另开了一间包厢，叫了几个和于星衍比较熟的人陪他玩。

　　几个人在屋里玩起了"真心话大冒险"，几轮下来，于星衍也难逃抽中"大冒险"的命运，不过他抽到的却是他最不喜欢的，但是大家都兴致刚好，他也不想扫这个兴，看看纸条上"和你左手边的人拥抱十秒钟"，于星衍在心中忍不住哀号。

　　在周钺伸手抱住他的那一刻，于星衍身上的汗毛都不自觉地竖起。

　　他从小就讨厌别人和他肢体接触，更何况和一个并不是太熟悉的男生接触。

　　十秒过去，于星衍想要挣脱周钺的禁锢，哪承想周钺调侃道："星星，你力气真小，跟个小女生似的。"

　　十四岁的于星衍最讨厌的事情一个是别人和他肢体接触，另一个是别人嘲讽他像个女生，赶巧周钺两个都占上了，把他得罪得干干净净。

于星衍好不容易挣开，被这亲密的接触硌硬得手脚冰凉想吐，他回家以后第一件事就是洗澡，第二件事就是把周钺这个人的微信给删掉了。

现在于星衍想起来，那个时候自己做事情确实有些过分。如果是现在的他，估计不会把微信删掉做得那么绝。

但是其他的，他不后悔。

他甚至都已经做好了周钺找他麻烦的准备了，谁知道等来等去，等到自己上了高中才等来这个麻烦。

于星衍防备地看着周钺，如果周钺打他，他就立刻报警。

周钺在于星衍删了他以后，他怎么都想不通自己到底哪里得罪了于星衍，除了那天以外，别的就没什么了。

周钺觉得，但凡是把他当朋友，于星衍都不至于因为这个把他删掉。只能是人家根本没把他当回事，那两年对于星衍的维护全是他自作多情而已。

那天看见于星衍唱歌的视频，周钺心里的火烧得越来越旺。

初中的时候，于星衍小小的，一副乖巧安静的样子，不喜欢活动，做的最出格的事情估计就是打游戏。

现在呢，居然和许原景、崔依依玩到了一块，自己到底算个什么？

许原景好像是感应到了周钺在心里骂他，转头看向了站在树

175

影里的两个人。

许原景和周钺的眼神相遇，两个人之间好像有一股看不见的电流在滋滋冒着火花。

许原景在想，他哥知不知道于星衍招惹过这种人？

周钺在想，许原景这小子平时一贯是用鼻孔看人，却对于星衍这么关切，一定是别有所图。

只有于星衍心无旁骛地盯着地板砖，随时准备出手摁下报警的快捷键。

凝滞的气氛被于星衍的电话铃声打破。

于星衍抬起头，看了眼脸色漆黑的周钺，接起了电话。

许原野的声音从电话那边传来，在这样古怪的夜色里，让于星衍的心一瞬间安稳了下来。

"于星衍，你在哪？"男人的声音低沉严肃。

"我在靠近静水楼阁的江畔大道。"

"我让的士停在嘉阮江第二大桥的底下，你现在走过来。"

将近夜里十二点，除了虫鸣声，一切都那样安静。

电话的声音些微传到了周钺和许原景的耳朵里，于星衍看了他们一眼，说："不好意思，我家长来接我了。"

看他转身要走，周钺下意识伸手拉住了他。

于星衍好似被烫到了一般缩回了手，看着周钺的眼神满满都是警惕。

周钺也不知道自己为什么从一开始的兴师问罪沦落到了现在

的境地，无奈地说道："把你微信给我。"

于星衍说："让许学长推给你。"

说完，把漂移板一踩，很快就滑得没影了。

周钺看向许原景，许原景嗤笑一声，"不好意思，我也没有，你去问崔依依要吧。"

12

凌晨时分的嘉阮江畔，涨潮后的江水一浪又一浪地拍着岸礁，江畔的柏油路上车流已经变得稀疏，只有装点在树上的串灯还在明明灭灭地闪烁。

于星衍远远就看见了站在车外，倚着路边灯柱等他的许原野。

刚刚面对着随时有可能暴揍他一顿的周钺都没有紧张的于星衍，此刻却在心里打起了小鼓点，他三步并两步走了过去，下意识就放软了声音，"原野哥……"

许原野看了他一眼，面色很严肃。

男人板着脸的时候看起来格外不近人情，虽然一句话都没有说，但是眼神足以让于星衍感受到事情的严重性。

两人上了出租车，于星衍坐在后面，许原野坐在前面，隔了一段安全距离。

于星衍低头看手机，刚刚接完电话以后赶着来找许原野，他都没来得及看微信。现在他终于看见了许原野给他拨的五个微信电话，刚刚情况特殊，于星衍一个都没接到。

　　想到自己走之前发誓一定会在十二点之前回到嘉城新苑，再看看现在已经过了十二点的时间，于星衍不禁心头一阵发虚。

　　从他的角度看过去，能看见许原野的一小半侧脸，在昏暗的车厢里不甚真切。

　　车里很安静，师傅专注地开着车，也没有放音乐。于星衍提心吊胆着，害怕许原野下一秒就要对他兴师问罪，但是却一直没等到男人开口。

　　这沉默实在是令他难受。

　　于星衍一会儿挠挠头，一会儿捏捏手，手机屏幕上的消息一条又一条地往外弹，于星衍也没有心思看。

　　他在心里打着腹稿。

　　对不起原野哥，刚刚滑得太专注没看手机？

　　不行不行，这样显得他只顾着玩，把自己的承诺抛在脑后，太不守信了。

　　那，因为有初中同学找他说话，所以他没法看手机？

　　也没有哪个同学这么霸道吧！

　　但是，他总不能说因为遇到了找他麻烦的人……

　　于星衍就像小时候回家晚了怕被训的小孩一样，搜肠刮肚地找着借口。

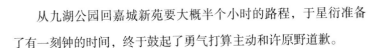

满天星

Stars and Fields

　　从九湖公园回嘉城新苑要大概半个小时的路程，于星衍准备了有一刻钟的时间，终于鼓起了勇气打算主动和许原野道歉。

　　他把身子往前探了一点，准备用上脸部优势来增加自己话语的可信度。

　　恰好车窗外强光掠过，透过窗户把许原野的脸照得真切。

　　于星衍扒着车前座的手僵了一下，他眨了眨眼，确认了靠在座椅上的许原野已经睡了过去。

　　许是出门急，许原野并未戴眼镜，就算是睡着了，眉头依然轻轻蹙起，挤出了浅浅的"川"字。

　　眉目英俊硬朗的许原野摘下眼镜后少了一份书卷气，多了些凛然冷峻的味道，如果于星衍此刻见到许原景，一定会觉得他们两个人在气质上有一些相似。

　　许原野的眼下有淡淡的乌青，于星衍下意识想到，这一定是最近写稿子累的。要写那么多字呢，平时自己写一篇八百字的作文都那么累，何况是许原野呢？

　　他心里的愧疚越来越多，许原野已经这么累了，他还这么不省心，让人家大晚上出来找。这样自责地想着，于星衍在心里忍不住又骂了周钺一句。

　　如果不是这个神经病拦他，说不定许原野都不用出门！

　　他完全忘记了自己刚刚滑得爽的时候也是一眼手机都没看。

　　灯光昏暗，百家灯火从车窗旁掠过，嘉城的夜景繁华炫目，开进老城区以后，街边的小摊小贩以及行人便多了起来。

179

南川人有吃夜宵的习惯，这个点正是夜宵店最旺的时刻，食物的香气顺着玻璃缝飘进了车里，挑起了于星衍胃中的馋虫。

　　但是他不想吵醒睡过去的许原野，所以一句话都没说。

　　车内的寂静和车外的喧哗仿佛是两个世界。

　　于星衍背上的汗已经被车内的空调冻了回去，身上瘙痒难耐，很不舒服。但是他却异样地安心。

　　从小到大，都是司机送他回家的，只有周叶会在有事的时候偶尔接送他。

　　这是第一次，有人因为担心他专门打车出来找他。

　　于星衍感觉自己像是泡在了一汪温水里，浑身都暖洋洋的，虽然车里的空调冷劲十足，可是这些都吹不到于星衍的心里。

　　他恍惚地想，以前他不解为什么王小川和叶铮会恐惧回家晚了被父母责骂，明明他们俩的父母都是那样温柔又亲切的人。

　　现在他明白了，原来是因为在乎，因为愧疚。

　　因为他们有人关心，所以他们有羁绊。

　　同样的夜晚，周叶奔赴一场酒局。

　　NULL 餐厅位于九湖区的另一岸，和静水楼阁隔江相望，霓虹灯光迷离缭乱，步行街上的店面有大有小各不相同，但是相似的却是纵享声色的欲望。

　　封艺穿着一条酒红色亮片的吊带连衣裙，披着一头黑色的长卷发，五官精致妩媚，红唇娇艳，坐在场中格外引人注目。

周叶在她旁边被频频投过来的目光弄得有点不爽，"喂，你今天只说是要和我聊八卦，没告诉我你要来找帅哥。"

封艺对周叶翻了个白眼，"我好不容易挤出时间出来玩一下，这些天忙得都快崩溃了。"

周叶隔空拍拍她的肩膀，说道："能力越大责任越大，谁叫你是金牌制片呢。"

封艺抿了口酒，朝他招了招手。

"不说这些有的没的了。你知不知道我们公司美术部新来的那个组长？"

周叶在脑海中思索了一番，找到了这个人的档案。

"你是说苏意难？佛罗伦萨美术学院，交作品集的时候放了一个抽象画的那位艺术家？"

封艺打了响指，"没错，就是他。我之前在某个酒会上见过这个人，就去找我的富婆朋友打听了一下，你知道他是谁吗？"

周叶挑了挑眉，封艺的富婆朋友应该只有一个，是嘉城最顶尖的四个家族之一的黄家。嘉城作为一座新起的大都市，有从邻市拓展过来的老牌家族，也有许多科技新贵。而像他们这种家里因为拆迁富起来而下海做生意的多如过江之鲫，说出来连个添头都算不上。

能让封艺这么来劲的还能有第二个苏姓？

周叶顺着封艺的话头说道："是苏氏电子的苏？"

"没错，苏意难是苏家这一代的独子，牛吧！堂堂苏家独苗来

181

我们这传媒公司当美术，说出去谁敢信啊？"

封艺又喝了一口酒，脸上的神秘色彩不仅没有变淡，反而更浓了。

"然后，我又去找人打听了一下苏意难的事情……"

周叶坐在封艺旁边，为女人的八卦之魂感到些许畏惧。

"更劲爆的事情来了，苏意难前段时间和家里断绝关系了。"封艺说到这，惋惜地叹了口气。

周叶猜测道："他和家里闹掰了？所以才纡尊降贵来我们这小公司当美术总监？"

听到周叶的话，封艺美眸眨了眨，对着周叶露出了一个诡异的微笑。

"你知道为什么我今天偏偏叫你来聊这个八卦吗？"

周叶对此也感到莫名其妙，他摊手，反问道："为什么？"

"因为，这个八卦和你有一些关系。"

周叶惊恐道："别，别吓我啊，和我有什么关系？"

封艺嗤笑了一声，伸出食指缓缓摆了摆，"不是，他是冲着许家大少来的。"

周叶到此，彻底蒙了，"什么鬼，哪个许家，静水楼阁的许家吗？"

封艺扬起尖尖的下巴，像看傻子一样看着周叶，点了点头。

"许家的大少爷，叫作许原野。"

正在挠头的周叶听到这个名字，面部表情一瞬间就僵住了。

封艺看到他的反应，忍不住轻笑一声，"我知道这件事情的时候也是这个反应，搞笑吧，不可思议吧！我们公司供着的大佛作者居然是许家的大少爷！"

于星衍跟在许原野的身后进了家门。

刚睡醒的男人脸上还带着困倦，把客厅灯按亮以后，转过头看着于星衍，一边按着额角一边问道："你今天晚上是怎么回事？"

于星衍终究还是没能逃过问责，他支支吾吾地说道："就是玩得太开心了，没有看手机。"

许原野低头，凑近在男生身上嗅了嗅，肯定道："有烟味。"

"你们刷街的时候还能有人边滑边抽烟吗？"许原野精准地找到了疑点。

看着于星衍犹豫逃避的神色，许原野眉头一皱，"有人找你麻烦？"

他的视线从上到下扫过于星衍，小胳膊小腿的，看上去一下就能撂倒，再看看那张水嫩的小脸，内心已经脑补出了完整的校园暴力情节。

"没、没有……"于星衍越是否认，许原野就越是觉得确有其事。

男人的脸瞬间就黑了，沉声道："说实话。"

于星衍被许原野的黑脸吓了一跳，哪里还有一点面对着周钺天不怕地不怕的气势，靠着门瑟瑟地说道："找麻烦也算不上吧，就是遇到了以前有点过节的初中同学……"

"已经聊好了，真的。"于星衍举起手，并拢手指指天发誓，"我怎么可能让别人成功找我麻烦，我是这么蠢的人吗？"

许原野想起他刚军训就崴了脚可怜巴巴让自己去接人的事情，冷笑了一声。

于星衍显然也想起了自己过往做的蠢事，尴尬地咬了咬嘴唇。

就在这个时候，于星衍兜里的手机响了。

他赶紧拿出手机装作看信息的样子，逃避许原野的追问。

钺申请添加你为好友。

备注：周钺

于星衍看到这个提示，眼里亮光乍起，他赶紧通过了这个好友申请，把手机屏幕亮给许原野看。

"原野哥，你看，我初中同学都主动来加我了，绝对的化干戈为玉帛！"

许原野总觉得事情古怪，他低头看了一眼于星衍的手机屏幕，正好看见了周钺给于星衍发的消息。

钺：于星衍，许原景也没有你的微信，我可是找崔依依求爷爷告奶奶才要到的，亏我初中对你那么好。

许原野先是瞥了一眼，看到于星衍想把手机屏幕往回收，又伸手握住了他的手腕。

于星衍倏忽被男人握住了手腕，呆呆地站在原地，举起的手僵住了。

他是不是有必要和室友说一下自己不喜欢和别人有肢体接

触啊!

许原野看着那边不断发过来的信息,眯了眯眼。

钺:漂移板有什么好玩的,明天出来,我带你骑车啊。

这和他想象中的校园暴力差的好像有点远啊。

还有,许原景是怎么回事?

许原野松开握着于星衍手腕的手,看着男生咻地一下把手缩回了背后,愣了一下。

自己是不是太凶了?

许原野没什么和小孩相处的经验,也就一个许原景可以用来类比。

他回想了一下和弟弟相处时的场景,许原野发现自己好像确实说话的语气有点重了。

他缓和了声音,说道:"如果在学校里遇到麻烦记得告诉我,知道了吗?"

于星衍看见这关过了,使劲点了点头,背着包一下子窜回了房间。

许原景回到家,洗完澡出来,难得地接到了来自哥哥的电话。

他看着手机屏幕上的来电显示,不知道为什么有种说不出来的心虚。

许原景接起电话,干巴巴地"喂"了一声。

"阿景。"许原野站在阳台上,和弟弟打招呼。

许原景挂着浴巾，下意识地挺直了背脊，"哥。"

"最近学习怎么样？"

许原野像个普通哥哥一样开始和许原景唠家常。

"挺好的，哥你上次给我讲完作文以后，我拿了五十八分。"许原景说到这个，语气骄傲极了。

"嗯，是我许原野的弟弟。"许原野声音里带了些笑意。

他想，果然不管是高一还是高三，都是喜欢邀功的小朋友。

许原景也没想到自己邀功的话能说得这么顺嘴，一时面上有点挂不住，在浴室门口尴尬地打转。

"你认识于星衍？"男人在电话里不紧不慢地问。

许原景听到这三个字，如临大敌地在心里敲响了警钟。

他仔细地斟酌着用词，说道："是我们社团的新生，我不是很熟，怎么了哥？"

许原野不知道上次许原景撞见了自己和于星衍，自然地说道："他是现在租我的房子住的小朋友，你多照顾一下。"

"哥，你不是在嘉城新苑住吗？"许原景试探地问道。

"嗯，租了一个房间出去，恰好是六中的新生。"

许原景听到这话，有种恍然大悟的感觉。

他说他哥哥怎么会认识高一小孩呢，原来是租房子遇到的。

就在许原景暗自猜想许多的时候，许原野继续说道："你们今天晚上是一起出去玩的？"

许原景回答道："是我们社团活动，于星衍也参与了，有十几个人呢。"

"遇到什么事了？"

他哥什么时候这么关心别人的私生活了啊？怎么就没见他哥关心一下他平常遇到了什么事呢……

许原景心里有点酸溜溜的，但是又不得不给于星衍圆场。

"没遇到什么事，就是于星衍的初中同学找他叙旧，耽搁了一会儿……"

电话那边传来他哥淡淡的一声"嗯"。

"于星衍还小，出去玩别带他去什么乱七八糟的地方。"

什么叫，他别带于星衍去乱七八糟的地方？

许原景拿着电话，冒了一头问号。

自己在许原野心里就是这样的形象吗？

"哥，我也不去乱七八糟的地方！"

许原景一下子控制不住自己的情绪，气得大声反驳道。

话一出口，电话两边都寂静了。

许原野惊讶地把手机拿开，看了眼屏幕。

这么多年，他还没看过许原景急眼呢，这个总是在他面前装得跟个小大人一样的弟弟，原来也是会跳脚生气的啊。

许原野忍不住笑了出来。

电话对面的许原景脑袋里一团糨糊。

他刚刚说什么了？

他刚刚好像对着他哥……委屈……委屈地吼了出来？

许原景仿佛被天打雷劈一般拿着手机呆住了。

少年的自尊心裂了一条缝，眼见着就要劈成两半。

就在这窒息般的沉默中，男人低低的笑声就显得格外明显。

许原景听到他哥的笑声，一口气吸不上来，憋得脸通红。

偏偏许原野还慢悠悠地补上一句，"是，你们都是好孩子，都不去乱七八糟的地方。"

许原景觉得自己可能是幻听了。

要不然，他怎么可能听见他哥叫他"好孩子"呢？

一定是今天出浴室的方法不对。

许原景狠狠地掐了自己一把，疼得他龇牙咧嘴。

这是许原景人生中头一回被叫"好孩子"，就算是许蒋山都没这么叫过他。

学校里的冰山男神肩上还挂着浴巾，举着手机站在浴室门口，反应过来以后，脸上一下子烧了起来，冰山变成了火山，整个人都要熟了。

"早点睡，熬夜不是好习惯，晚安。"

许原野调侃完弟弟，完美地完成了这次打电话的目的，还顺带找了乐子。

"好孩子"许原景恍恍惚惚地说道："哥哥晚安。"

嘟嘟两声，电话挂断了。

许原景把手机揣进裤兜，用浴巾蒙住了脸。

他回想了一下整个电话过程，对着空气扬起腿狠狠踢了一脚，踩着了自己从浴室里带出来的水，差点摔了个四仰八叉。

以后一定要离于星衍远一点。

离得越远越好！

十月中旬，于星衍即将迎来自己进入高中以后的第一次大考。期中考试临近，校园里弥漫着一股紧张的学习氛围，漂移板社团的活动也暂停了两周。

为了夺回上次月考失去的第一名，于星衍在期中考试的前一个星期就开始认真复习，他虽然聪明，但也不是不努力就能轻松拿到好成绩的天才，放学以后也不着急回家打游戏了，往往是留在自习室里自习。

期中考试设在星期四和星期五，考完这场大考，下个星期便是校运会，大家都绷紧了弦，希望考试完以后能用轻松的姿态迎接校运会的到来。

中午吃饭的时候，王小川说起已经好久没有见到崔依依、蒋寒几位学长学姐了，于星衍才反应过来，离上次刷街居然已经过去了这么久。

饭堂里人声鼎沸，大家都趁着吃饭的时间聊天休息，以前于星衍三人经常在吃饭的时候撞见漂移板社团的成员一起活动，这十天却一次都没看见。

"他们毕竟是高三了，学习压力比我们大得多。你看衍哥都这么努力了，高三的学长学姐肯定更努力啊。"叶铮听到王小川的问话，按着常理为他解释。

王小川这些天为了达成上次说的考进前二十的目标，也很刻苦，肉肉的脸蛋都瘦了一圈，从一个小胖子变成了清秀的小胖子。

他瘪了瘪嘴，灵敏的八卦雷达告诉他事情肯定没有这么简单。

不说崔依依学姐作为艺术生对文化成绩没有那么高的要求，就说蒋寒、许原景两位学长成绩那么好，大小竞赛都能斩获佳绩，一次小小的期中考试怎么可能让他们如临大敌，打破平常的生活习惯。

他觉得，肯定是上次那个人和蒋寒学长说了什么，才让以前黏崔学姐黏得紧的蒋寒学长现在刻意不找崔学姐了。

于星衍看他想八卦想得出神，用筷子敲了敲他食盘的边缘，说道："关你什么事啊，少想点别人的事情，多担心一下你自己的数学吧。"

这些天学数学学得两眼发黑的王小川心口又被戳了一刀，他捞起盘子里的大鸡腿啃了一口，觉得肉都没有那么香了。

他嚼着肉，瞄了于星衍一眼。

分明还是熟悉的面孔，怎么感觉自己这好朋友身上多了点说不出来的家长式的威严？

王小川又啃了一口鸡腿，平时想八卦转得飞快的脑子此刻也被数学题糊住了，他低头闷声吃饭，没再提起其他和学习无关的话头来。

与此同时，综合楼的一间活动室内，蒋寒和许原景正在里面吃饭。

打包上来的盒饭有点凉了，但是两个人此刻对这些并不讲究，就着可乐囫囵吃完了。

作为前学生会会长，许原景除了给漂移板社团搞了一间社团活动室，也为自己留了一间废弃的教室当自习的地方。

这些年六中不断翻修校园，起了两栋新楼，别的不好找，空教室倒是很多的。

许原景看着蒋寒垂眸吃饭的样子，靠在椅背上说："邵子义那种人放个屁你不至于放在心上吧，崔依依又没说什么，你躲着她有必要吗？"

蒋寒和许原景这些天中午都是在活动室里吃的饭，自然遇不上崔依依，更遇不上于星衍几人。

崔依依可能是察觉到蒋寒在躲自己，干脆连学校也不来了，申请了艺术生离校，专心去机构学艺术去了。

蒋寒听到许原景的话，脸上神色不变，吃完饭把塑料盒放进垃圾袋里，又喝了口水。

过了一会儿，他嘴角上又抿出一抹苦笑。

"阿景，就这样吧。"蒋寒翻开书本，拿起笔准备做题。

许原景听到蒋寒这样说，脸冷了下来，"你自己看着办吧，也用不着为了别人委屈你自己。"

蒋寒写着压轴题，被许原景的话弄得哭笑不得。

"哥，你不要说得这么轻巧，如果这事能像做题一样简单就

好了。"

许原景看着蒋寒的卷子，冷冷地说道："是吗，你这题导都求错了，我看你做题也不怎么样。"

蒋寒心想：不得不说，许原景不善交际真的是造福广大女同胞，就这嘴，估计吵架的时候能把人气死。

其他方面，许原景无可指摘地优秀，但就情商而言，蒋寒在心里默默地鄙视。

真就是个幼儿园水平。

两个人做着题，蒋寒又对许原景说："崔依依不来学校了，我们明天回饭堂吃饭吧。"

许原景正在飞速刷题，似乎是为了证明给蒋寒看什么才叫作"做题简单"，听到他的话，脸一沉，"不去。"

蒋寒莫名道："为什么？打包以后饭都不好吃了。"

许原景那张眉目冷清俊秀的脸上写了"别说话"三个大字，男生手上刷题动作不停，显然是不打算解释了。

蒋寒也没多想，就当是许原景不想去人多的地方。

许原景哪会对蒋寒说自己的小心思。

蒋寒要躲崔依依，很巧，他也得躲着一个人。

不过他可没有蒋寒那么多道理，纯粹是因为不想见。

13

最后一节自习课下课，于星衍接到了舅舅周叶的电话。

下午五点多的校园，到处飘着洗发水沐浴露的香味，夕阳下的校道上学生们三五成群地走着，一派清爽的青春气息。

于星衍接起电话，和周叶聊了几句家常。

周叶无非是问问他最近在学校里过得怎么样，顺便帮他带两句来自于豪强的话——于星衍把于豪强拉黑了，至今还没放出来。

"衍衍啊，你在嘉城新苑住得怎么样？"

"挺好的啊。"于星衍吸着酸奶，自然地回道。

周叶在电话那边沉默了一会儿，又说："你爸爸知道你和别人合租，在学校旁边给你找了间公寓，你看看你要不要搬去住？"

于星衍笑了，道："我爸没那么时髦，还给我找公寓，舅舅，是他让你找的吧？"

周叶听到这话，在电话那边腹诽——于豪强除了转钱让自己照顾于星衍，根本没在意他住哪好吗。

周叶在心里感叹了几句自己姐姐当年遇人不淑，说道："衍衍，那公寓条件很不错的，你要是觉得合租不自由，周末舅舅就过来帮你搬家。"

于星衍想都不想就拒绝了，"不用了舅舅，我真的住得挺好的。原野哥很照顾我。"

说这话的时候，于星衍语气里带了些自己都没有察觉到的开心。

周叶听到于星衍这么说，一时之间不知道是喜还是忧。

这可是许家的大少爷啊！于星衍可千万别惹出什么祸啊……

周叶也不好多说又嘱咐了于星衍几句，便挂断了电话。

此时于星衍和叶铮、王小川走在去自习室的路上，他并不知道这通电话改变了他的命运。

后来，十八岁的于星衍时常回忆起这一天，他不止一次地想过，如果他在这一天答应了周叶搬离嘉城新苑，那么许原野是不是只会成为一个带给他一点温情的过客，而不是成为自己青春岁月里越不过的巍峨高山，挡住了他往前探索的道路。

再后来，二十四岁的于星衍也时常回忆起这一天。

他想，原来一切在冥冥中自有定数。

在十八岁那年。他像竹子一样疯狂地拔节生长，冲破了原有生活环境的桎梏束缚，背负着难言的悲伤与痛苦奔赴离家万里的北方。

等到他攀登得足够高，看见了巍峨高山的山顶时，才知道，原来他的成长，是有人早早在土里埋下了养料。

十六岁的他，站在人生的分岔路口时，看不见背后的洪流滚滚，一如十八岁的他无法预见未来的快乐和幸福。

所以他十六岁的选择和他十八岁的憎恨都没有错。

这也是命运早就书写好的，他遇见他，蜕变成长，赤忱热烈。

最后一场英语考试结束，放飞自我的学生们拿着文具从考场里走出来，有人欢喜有人愁。大家一边把放在教室外的箱子和桌椅拖回去，一边叽叽喳喳地讨论着考试的答案。

王小川找到于星衍和叶铮，一脸忐忑地问于星衍答案。

"衍哥衍哥，你英语第二篇阅读的答案是什么啊？我怎么感觉哪个选项都不太对啊？"

于星衍回答道："BCADA，不过我也不一定对。"

听到于星衍的回答，王小川一脸绝望。

"完了完了，我第一个就和你不一样，我是CCBDA，我完了……"

于星衍考完试向来不喜欢对答案，他敷衍地安慰道："那可能是我错了。"

叶铮皱眉，"我好像选的也不太一样。"

陈正威抱着书从他们身边路过，不知道是听到了于星衍的答案还是没有，一脸高傲的表情。

王小川看见陈正威不屑的样子，朝他的背影翻了个白眼。

于星衍拍了拍王小川的肩膀，"考都考完了，听天由命吧，要难大家都难。"

好在王小川也是心大的性格，忧郁了一会儿以后也就释然了。

等同学们把教室重新规整好，班主任在台上嘱咐了几句下个星期校运会的事情。

"大家这个周末回去记得把宣传稿写好，周一统一交给体育委员。有项目的同学也记得练习一下，我们班的第一次集体活动，争取为班级夺得荣誉！"

大家在讲台下稀稀拉拉地鼓掌，心思早就已经飞出了校园。

考完期中考试，可算是卸下了一个阶段的沉重包袱，所有人都准备周末好好出去玩一趟。各科老师显然也知道这个周末大家无心学习，布置的作业也不算多，对于1班的同学来说是难得的轻松。

"衍哥，你快看群！"

王小川蹲在叶铮和于星衍座位旁的过道上等着放学，他看见漂移板社团微信群里的消息，立刻和正在整理书包的于星衍通报。

于星衍一边把卷子塞到书包里，一边问道："怎么了？"

"依依姐今晚在外面有表演，邀请我们去看呢！"

叶铮拿着手机念消息，"在 NULL 餐厅，今晚九点的表演，依依姐要上场打鼓。"

"还没看过依依姐在校外表演呢，怎么说我们都得去给她捧个场啊！"王小川已经完全把自己的考试成绩抛在了脑后，激动地说，"肯定很帅！"

于星衍想起自己上次刷街遇到周铖的事情，有点不是很想去。

他抿了抿嘴，正准备拒绝，微信上却弹出来崔依依的消息。

——：小星星，我这次表演你一定要来捧场哦，不来不给我面子！

——：你放心，这次不会撞见周钺的，他要是来姐替你料理他！

于星衍有点纠结地看着手机屏幕。

开学以来崔依依一直那么照顾他，歌手大赛的时候也是因为崔依依，学校乐队才会帮他的，人家都亲自邀请了，他不去好像有点没良心。

王小川和叶铮都没事，两个人在于星衍的耳边你一句我一句地劝着，于星衍到底耳根子软，最后还是架不住这连番的炮轰，同意了。

下课后，王小川和叶铮回宿舍拿行李箱，他们这个周末都要回家，所以等下还是得各自出发前往 NULL。

于星衍背着包一个人回到了嘉城新苑，许原野正在做饭，看到于星衍回来，和他打了个招呼，"回来了，期中考试如何？"

于星衍早就已经习惯了许原野这样关心他的日常生活，很熟稔地回答道："挺好的，感觉能拿第一。"

许原野笑了，"有自信。"

于星衍瘪了瘪嘴，道："本来就是嘛。"

于星衍和许原野闲聊了几句，回到房间里放下书包，把校服换掉，穿了一件白色的卫衣和牛仔裤，作普通少年的打扮，从房间里走了出来。

许原野看到他这身打扮，挑眉问道："要出去？"

197

满天星 Stars and Fields

于星衍有些紧张地揪了揪衣角，"嗯……今天考完试，朋友约我出去玩，可能要晚点回来。"

许原野看他这紧张的样子，无奈地摇了摇头，"出去玩又不是什么坏事，你记得和我保持联系就行，不要像上次一样不接电话不回消息。"

于星衍用力点头，"知道了知道了，不会的原野哥。"

他可不敢了，许原野的黑脸承受一次就够了。

"在家吃饭吗？还是出去吃？"

于星衍乖乖地坐到餐桌前，回答道："我吃完再出去。"

许原野在围裙上擦了擦手，把菜端上桌。

"别喝酒，别参与打架斗殴。"许原野嘱咐道，"也别接别人给你递的东西。"

于星衍张了张嘴。

他晚上出去活动就不能是健康的夜跑运动局吗……

许原野也是从这个年纪过来的人，身边的朋友们高中的时候玩得疯的大有人在，他还真挺担心这小孩被拉着做些不好的事情。

如果是本来就爱玩的小孩也就算了，眼前这个分明就是个一张白纸的乖乖仔。

如果是许原景，他都懒得嘱咐这么几句，估计只有许原景打别人的份。

于星衍在家里吃了一顿饱饭，这才前去赴约。

于星衍前脚刚出门，后脚许原野就拨通了许原景的电话。

198

"什么活动，今天我没出去啊。"许原景星期五晚上还要上晚自习，此时正在学校的饭堂里，接到许原野的电话，有些莫名其妙。

"是崔依依在 NULL 的表演——"蒋寒坐在他对面用口型说道。

许原景无语地看了一眼嘴上说着不管其实还是很关心崔依依的蒋寒，对自己哥哥解释道："是我们学校同学今晚在 NULL 有表演，邀请同学去看表演，都是熟人，你放心吧哥。"

NULL 的老板和崔依依很熟，知道崔依依想要邀请同学来看演出，二话不说就给他们留了个位置，还特意准备了果盘和饮料。

许原野得到了回答，又关心了一下许原景的期中成绩，便挂断了电话。

晚上八点半，于星衍几人在 NULL 餐厅门口集合。

NULL 在九湖湾畔步行街的显眼位置，门外是一片极简主义的黑色墙壁，阴刻了 NULL 四个英文字母，用蓝色的灯带照亮，看起来还挺高级的。

门口的宣传架上贴着今晚乐队表演的海报，崔依依居然还是中心位，照片里的她扎了个高马尾，穿着一身皮衣，明眸善睐，看起来又美又飒。

王小川嬉皮笑脸地要叶铮给他和海报拍了张合影，发在漂移板社团的群里，得到了崔依依一条哈哈大笑的语音消息。

紧接着，崔依依私聊了王小川，告诉他们预留的位置，让他们进来坐。

NULL 里面灯光迷离幽暗，虽然才近九点，座已经差不多满了，崔依依给他们留了一个大桌，在舞台前中心的位置，桌上已经摆好了果盘和饮料。

崔依依从后台过来，她笑嘻嘻地搂过于星衍的肩膀，对一旁的乐队成员嗔骂道："这都是我邀请的小朋友，你们可得准备好果盘和饮料，别教些不好的。"

崔依依在学校里虽然也是大姐大的样子，但是现在化了浓妆的她和在学校里的她还是有些不同。上挑的眼线让那双本就妩媚好看的眼睛更加迷人，舞台妆的小亮片点在眼角，一头柔顺的黑色长发高高束起，其中两股编成麻花辫，混合了红色的绳子，末尾缀着两个小小的流苏坠子。让崔依依看起来既成熟又清丽，有种说不出的劲儿。

崔依依陪着乐队和漂移板社团的人坐了一会儿，准备去后台了，临走之前，又嘱咐了一遍不许喝酒。

后台。

崔依依坐在化妆室的凳子上。

FOLLOW 乐队的吉他手，也是崔依依的好朋友，他撑着下巴，一脸"你也有今天"的表情看着她，问道："蒋寒没来？"

崔依依冷笑了一声，双唇微启，吐出两个字："孙子。"

也不知道是在骂谁。

吉他手双手举起，无辜道："蒋寒不来和我可没关系啊，要骂你骂邵子义去。"

崔依依特意大张旗鼓在社团群里发通知，但还是连蒋寒的人影都没见到，在外面待了半个小时都没等到，她简直连烧了六中的心思都有了。

如果不是因为蒋寒，她至于艺考期间天天在学校里待着吗！

烦透了。

吉他手不敢招惹这位心情暴躁的大姐，低头去刷朋友圈了。

刷着刷着，突然眼睛一亮。

"一姐，蒋寒没来，邵子义好像要来啊？"

崔依依一听，立刻站了起来，"他还敢来？周钺怎么和我保证的？"

吉他手看热闹不嫌事大，说道："好像就是周钺带来的。"

崔依依知道于星衍不想见到周钺，蒋寒不想见到邵子义，特意和周钺吩咐过今晚 NULL 没他俩位置，周钺和崔依依小学就认识了，交情还算可以，崔依依以为周钺应该给她这个面子。

没想到微信上答应得好好的，现在居然来这么一出。

崔依依抬腿就要出去。

"一姐一姐，还有二十分钟表演就开始了，你消停一会儿，这是 NULL 周钺和邵子义不敢怎么样的。"

"别拦着我，我要出去和周钺说几句话，气死我了！"

"等等，蒋寒和许原景怎么也来了？"

吉他手一边阻拦崔依依一边时刻关注着嘉城几个中学群里的

消息，有人拍到了蒋寒和许原景在 NULL 餐厅门口的照片。

崔依依的步伐停住了。

她挑起眉，有些不敢置信，又有些喜悦地问道："蒋寒来了？"

吉他手把手机放在她的眼前，用图片作证。

"姐，不仅来了，还遇上了。"

图片里，NULL 门口面对面站着两拨人。

一边是还穿着六中校裤，上身穿着自己的短袖的蒋寒和许原景，一边是换了私服的周铖和邵子义。

画面里那隐隐约约要炸开的紧张氛围几乎溢了出来。

14

站在 NULL 的门口，店内震耳欲聋的音乐声只能听到些许，来往的人多是打扮得潮流靓丽的年轻男女，四个高大的男生站在那，各有各的帅气，十分扎眼。

周铖是高二生，周五便放假了，特意打扮过来的，穿着一件飞行员夹克，看起来肩宽腿长，微卷的头发放下，在脸颊旁垂着，混血感更浓了。

"哟，蒋寒，怎么来了？不是听说你最近都躲着我们一姐吗？"

邵子义看着蒋寒的目光很是不屑。

蒋寒一只手插在校服裤的兜里，一只手拿着饮料，没说话。

许原景不耐烦道："和你们很熟吗，要进去就快点滚进去。"

周钺看许原景，灯光下，男生五官镀上了一层暖黄的柔光，但是依旧不能减免分毫他身上冷冰冰的气场。依旧是让人讨厌的一张冰山脸。

他耸了耸肩，招呼上邵子义，两个人率先进了 NULL。

周钺穿过喧嚣嘈杂的过道，迈着不紧不慢的步伐走到了崔依依定的位置旁边，半弧形的沙发上已经坐了许多人，乐队的，漂移板社团的，其中也有好几个周钺认识的。

"周钺，你怎么来了？"乐队的主唱阿呆看见周钺和邵子义的身影，差点一口水呛到气管里去，拍着胸缓了半天。

"NULL 门口又没有写周钺与狗不得入内，我怎么不能来？"周钺说出口的话不禁带上了几分怒气。

"不，不是……一姐不是说……"阿呆想起崔依依来之前的嘱咐，结结巴巴地解释道。

周钺黑着脸站在沙发边，说道："她说不能来我就不能来？"

"呃……也，也不是……"阿呆端着杯子压力山大地面对着周钺危险的目光，有种憋屈的绝望。

周钺来的时候，于星衍正在吃果盘里的哈密瓜，他举着哈密瓜抬起头，一眼就看见了杵在那特别显眼的周钺。

于星衍眨了眨眼，不知道为什么，对于周钺的出现有种意料之外情理之中的感觉，他在心里叹了口气，感觉自己给崔依依惹麻烦了。

"周钺。"他把哈密瓜吃下，喊道。

周钺听到他的声音，撇过头来，循着声音的方向看见了坐在弧形末端的于星衍。

于星衍的右手边坐着他那两个朋友，左手边坐着的是不认识的人。

周钺挑了挑眉，也不管别人了，朝于星衍走了过去。

"于星衍，你怎么回事，我给你发的微信你一条都不回？"

于星衍不知道自己为什么就是逃不过周钺的关注，他无奈地回答道："也没有人规定你的微信我一定要回吧？"

阿呆竖着耳朵偷听着于星衍和周钺的对话，听到这的时候心头一颤，看向于星衍的眼神里都带上了一点敬畏。

周钺被于星衍一句话堵得不知道该说什么，邵子义一进来就去后台找崔依依了，他看了眼于星衍左手边坐的男生，用眼神示意他识趣地给自己挪一个位置出来。

于星衍身边的男生是个高一的，今晚也是头回参加活动，看到像周钺这种凶神恶煞的人物恨不得挪得越远越好，一下子就空出了可以坐得下两个人的空当。

周钺抬腿就要往里面走。

于星衍有些目瞪口呆地看着周钺理所当然的样子，一时之间都没反应过来。

这个时候，一只手伸出来挡住了周钺的动作。

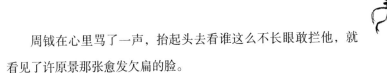

周钺在心里骂了一声，抬起头去看谁这么不长眼敢拦他，就看见了许原景那张愈发欠扁的脸。

许原景眉头微蹙，一双和许原野有三分相似的狭长眼眸里都是冷意。

"周钺，崔依依没邀请你，你自己找位置坐去。"

周钺听到许原景的话，唇角一弯，用手拨开许原景的手。

"许原景，你有病吧？找打是不是？"

硝烟味在两人之间弥漫开来。

阿呆拿起手机，紧张地给崔依依通风报信。

许原景看着周钺嚣张的样子，面无表情地再次伸出了手。

"你是听不懂人话吗？只知道用你的肱二头肌思考问题？"

王小川吃瓜吃得张大了嘴巴，他撞了一肘子于星衍，小声在他耳边说道："衍哥，这因为你都要打起来了！"

于星衍看着这剑拔弩张的场面，只能站起来解决麻烦。

"我回去了，你们坐吧。"

他也不知道说什么才能让周钺和许原景停战，干脆直接走人得了。就是有点对不起崔依依，但是这场面显然是崔依依更不愿意看到的。

周钺本来还在和许原景互瞪，一听他这话，立刻回头看向于星衍。

"你走什么走？不关你事。"

于星衍真的是被激得火气都要上来了。

"那你坐下。"他尽量让自己心平气和,不要把事情闹大。

周钺不爽地撸了一把自己的卷毛,坐下了。

许原景站在他旁边,眼神从于星衍身上飘过。

于星衍缓和了一点声音,对许原景说道:"许学长,你也坐。"

空出来的位置就那么大,许原景走进去,特意把周钺从于星衍旁边挤开,挨着于星衍坐下。

被挤开的周钺气得龇牙,他凶狠地瞪了许原景一眼,许原景淡定地瞟回他,两个人没继续对顶。

于星衍看这两尊大佛坐下了,往外面走了几步,王小川面有眼色地顺着于星衍的眼神指示往里面坐了一点,叶铮也跟着坐了进去,就这样,于星衍坐在了沙发的最外面。

王小川挨着许原景,别说是看八卦了,只觉得自己都要被四面八方投过来的探寻目光扎成筛子了。

他求救地对叶铮投去目光,叶铮爱莫能助地端起果汁装作看不见。

但是许原景却没有心思去关注王小川。

因为,他身边坐了个周钺。

许原景和周钺挨着坐在沙发上,只觉得自己和周钺接触的那半边手臂都被污染了,恨不得拔腿就走,但是他走了周钺肯定会去骚扰于星衍,那他哥那边怎么交代?

许原景僵着脸,一动不动地坐在沙发上,同样一动不动的还有坐在他旁边的周钺。

周钺也是被气得都要升天了。

许原景的脾气是出了名的又冷又傲，一张嘴嘲讽起人来能把人气死，他们之前打过两回交道，一直都没什么过多交流，谁能想到现在还要被迫挨着坐在一起。

周钺心里对许原景的不满如同烧不尽的野火，越来越旺。

他微微侧过头，打量着许原景的侧脸。

许原景被他这不加掩饰的目光搞得心态要炸了。

NULL 里的灯光已经暗下，舞台上的工作人员正在搬乐器，马上 FOLLOW 乐队的演出就要开始了。

此刻歌曲也从劲爆的舞曲变成了较为舒缓的纯音乐，在喧闹的环境里，这块小小的区域好像竖起了隔音带般的安静。

这也让周钺的目光存在感格外地强，强到许原景就算不断暗示自己，都无法忽略，无法忍受。

就在周钺再次忍不住打量许原景的时候，许原景撇过头，目光直直对上了周钺，那双狭长清冷的眼里盛满了怒火。

"周钺，你，再看我，我们就出去打一架。"

被许原景捉了个正着的周钺有些无奈。

他尴尬又羞恼地想，什么叫再看他，这话听起来跟自己是个变态一样，谁要看这种没表情的木头啊？

晚上九点十五分，NULL 的灯光倏忽暗下，追光灯打在舞台中央，FOLLOW 乐队的演出要开始了。

后台，蒋寒和邵子义站在登场入口的帘子后，两个人难得的没有互相嘲讽，安静地掀开帘子看台上的表演。

"哒、哒、哒"三声清脆的响声，是坐在架子鼓前的崔依依在敲鼓棒。

响声落下，舞台的气氛灯亮起，把圆形的台面照得一片敞亮。

舞台下已经挤满了人，尖叫声和鼓掌声连绵一片，大家叫着FOLLOW 乐队的名字，甚至还有人单独喊崔依依的名字。

主唱站在立麦前，拨了拨吉他弦，笑意满满地说道："怎么没有听见我的名字啊？"

台下哄然大笑，好事者立刻起哄道："麦哥，我们爱你！但是更爱一姐！"

FOLLOW 乐队应该算是嘉城人气最高的一支乐队了，常来NULL 演出，粉丝都很捧场。

在这样欢乐的氛围里，灯光再次暗下。

主唱阿麦的声音透过话筒响彻整个 NULL，低沉磁性，深情款款。

"为大家带来第一首歌，《FOLLOW》。"

舞台上，灯光绚烂，气氛火热。

一阵激烈的鼓声过后，主唱握着话筒，闭着眼唱出了第一句词。

"来吧，跟着我。"

这首和乐队同名的歌在小众圈子里还算有些人气，虽然不算大火，但是至少台下的大部分观众是能跟着唱的。

208

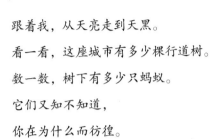

跟着我，从天亮走到天黑。

看一看，这座城市有多少棵行道树。

数一数，树下有多少只蚂蚁。

它们又知不知道，

你在为什么而彷徨。

周围的嘈杂声都消失了，只剩下乐队的合奏声。

人们举着手站在舞台前，看着台上的几个年轻人，一起唱着他们的歌。

于星衍以前不怎么接触乐队，特别是本地的这种小乐队，这也是他第一次听这首歌。

歌曲前奏不算激昂，比起爆炸的摇滚，这首歌好像有些过于抒情了。

这里的氛围有种别的地方没有的感觉，好像所有不可能的事在这里发生都很寻常，大家似乎习惯于在这里发泄内心不敢言表的情绪，而这些情绪堆叠起来，便感染了初次来到这里的于星衍。

于星衍看见坐在架子鼓后的崔依依，女生上台以后，就像开得最灿烂最艳丽的玫瑰花一般，灯光打在她的身上，便成了她的战袍，那双漂亮的丹凤眼里的光灼热得好似能融化任何一座冰山。

那样的光芒四射，叫人移不开眼。

歌曲进行到了副歌部分，节奏便骤然激烈起来，鼓点如同暴雨砸下，吉他贝斯扫弦的声音宛如疾风，主唱抱着话筒撕心裂肺地吼着。

跟着跟着跟着我们跟着谁？

世界世界世界有什么可留恋？

这个夜晚这么黑，

蚂蚁死在大树下，

又有谁会去立碑？

我们都知道，

这个夜晚这么黑，

没人会为它立碑。

于星衍怔怔地看着舞台。

有人在尖叫，有人在欢呼，也有人不知道为什么而哭泣。

形形色色的人们的一切就像洒了颜料的调色盘，浑浊、交融、泥泞。

一首歌要结束了。

阿麦的嗓子变得有些哑，鼓声也缓和了下来。

如果这个世界有一个人让我跟随，

那我要当一只蚂蚁，

跟在他的身后，

210

死后也不必为我立碑。

这城市的夜晚这样黑，

我只渴求有一束光，

能让我跟随。

低沉的调子在吉他扫弦的尾音里结束。

舞台下，音浪几乎要掀翻屋顶，尖叫声一阵接着一阵，于星衍的耳膜隐隐刺痛，他沉浸在音乐中，捂住胸口，脑海中突然浮现出了一个身影。

突然，旁边的阿呆却不知道收到了什么消息，惊慌失措地跑了过来，朝许原景和周钺喊道："钺哥景神，快去后台！蒋寒哥和邵哥打起来啦！"

舞台上，乐队的人正准备开始下一首歌曲。

周钺听到这话，立刻起身，他不是来砸崔依依场子的，这个时候打起来，邵子义脑子里装得都是糨糊吧！

他看了眼还在出神的于星衍，在心里骂了邵子义几句，就和许原景一起跟着阿呆往后台去了。

两尊大佛走后，座位上剩下的人好像都松了一口气。

于星衍站了起来。

"我回去了。"他小声说。

"衍哥，我们送你吧？"王小川问道。

"不用了，我自己回去就行，等下结束帮我和依依姐说声抱

211

歉。"于星衍语气依旧平静。

于星衍趁着周钺和许原景不在，一个人打了车，回到了嘉城新苑。

男生穿着连帽卫衣，十月的晚风有了些凉意，从脸颊边吹过，轻柔舒适。

于星衍站在自己那栋的楼下，抬起头，一层一层地往上数。

五楼，那个格子亮着光。

于星衍走得早，现在才十点出头，小区里还有很多玩耍散步的人，他站在楼下一动不动，倒显得扎眼。

耳机里正在播刚刚 FOLLOW 乐队唱的《FOLLOW》，于星衍更喜欢它的中文名《跟随》。

他站在楼下安静地等这首歌放完。

最后一段，似呢喃又似叹息的低吟声在他耳边萦绕。

这城市的夜晚这样黑，

我只渴求有一束光，

能让我跟随……

是光吗？

他看着五楼那个亮着暖光的格子，在心里问自己。

于星衍，那是不是你的光？

15

嘉城位处南方，树木四季常青，所以季节的变化在这座城市里并不起眼。

时间在日复一日的学习生活中流逝得很快，一眨眼，十一月便随着深秋的初寒来了。

连日的细雨过后，嘉城终于迎来一个晴日。太阳虽然从厚厚的云层中冒出了头，但是洒在大地上的光没有什么热度，嘉城六中的学生们纷纷穿上了毛衣外套，但是依旧有许多人中了流感。

这一日，对于很多学生来说，可能就只是学校生活里普通无奇的一日，秋乏的季节让大家在教室里哈欠连天，个个都头昏脑涨，没什么精神。

但是对于于星衍来说，这一日有些特别。

中午十二点，他和王小川、叶铮在学校里吃过午饭，正准备去睡一会儿，在野的粉丝群里便像热锅里的开水一般沸腾了起来。

大家奔走相告，喜气洋洋地传达着同一个消息——在野开新文了。

空窗了近一年，他们终于等来了在野的第三本小说。

由于于星衍之前的狂热安利，王小川和叶铮都看了在野的书，并且成了这位大热作者的粉丝。

于是，在这个慵懒困倦的午后，三个人坐在教室里，一起阅读在野刚刚连载的新文。

这本书的名字叫作《荒野》，也保持了在野取两个字书名的一贯传统，男主角封野是废土末世时代里的一个小人物，生如草芥，失去了八岁以前的所有记忆。

这本书一开文便放了三万字的章节，于星衍面上不显，和王小川、叶铮一起津津有味地看完了，其实内心却是说不出的复杂，也没有像以前一样连绵不绝地夸奖在野。

谁叫在野现在是他的室友呢？像往日那样纯粹热情的夸奖是说不出口了，但是听着王小川和叶铮的赞美，于星衍却与有荣焉般地产生了一丝骄傲自豪的情绪，虽然这次在野开新文他毫不知情。

还有一簇于星衍自己都没发觉的，名为"崇拜"的小火苗，在他心里熊熊燃烧着，把他烤得暖洋洋的。

于星衍看着那节节攀高的收藏和评论，一个下午都躲在自己筑起的"书籍堡垒"后面，嘴巴都要咧到耳根后面去了。

人的心理总是复杂的。刚知道许原野就是在野的时候，于星衍又惊又恼，但是到了现在，他却真心地为许原野感到开心。

虽然不知道为什么许原野和自己说他很穷，但是看见了许原野拿到好成绩，于星衍浑身上下都充斥着喜悦，比自己拿了年级第一还要高兴。

因为中午没睡觉，下午整节地理课叶铮都趴在课桌上昏昏欲睡，看见于星衍那么精神焕发的样子，疑惑地问道："衍哥，你捡钱了啊，这么开心。"

于星衍没有告诉叶铮，自己一直在看《荒野》的评论区，看别人各种吹捧在野，他收敛了嘴角的笑意，摇了摇头。

叶铮又看了于星衍一眼，觉得于星衍最近有点奇怪。

如果是以前，遇到了周钺这种找碴行为，于星衍不说困扰十天半个月，起码会有一段时间都想着解决这件事情，好让麻烦不要一直跟着自己。

但是这一次，于星衍什么都没有做，没有搭理周钺，也没有和朋友们提起这件事，只是躲在学校里不出去。

于星衍兀自沉浸在自己的世界里。

他想起上次许原野给他送花，觉得这次许原野开新文，自己应该也要送还点什么东西才好。

可是送什么呢？一起住了两个多月，于星衍懊恼地发现，自己好像并不知道许原野喜欢什么、在意什么。男人每日的生活都是规律普通的，连玩乐的时间都很少，游戏基本不沾。穿衣打扮也不算讲究，好像唯独对吃这一块比较上心。

于星衍伸出手戳了戳叶铮的手臂。

"那个，叶铮，你平时在家里做饭吗？"

叶铮神色一怔，回答道："很少做，一般都是我爸妈生日的时候我会做饭。"

"为什么啊？"于星衍问道。

"家长都喜欢这样啊，什么做饭啊，写信写贺卡，这样显得很有心意啊。"

"啊……"于星衍拖长了调子，又问，"那你要是做得难吃怎么办？"

"都说了是心意啊，不会在意难吃好吃的，关键是你下厨的过程。"叶铮显然对讨好父母特别有一套。

于星衍舔了舔嘴唇，有点心动了。

下课铃刚刚打响，教室里就没了于星衍的身影。

王小川来找他们，只看见了孤零零一个人坐在座位上的叶铮。

"于星衍呢？"王小川奇怪地问道。

叶铮的表情比他更蒙，"不知道，说是要回家做饭？"

十指不沾阳春水的小少爷，说要回家做饭？

王小川和叶铮对视一眼，只觉得他们的好朋友真的是越来越捉摸不透了。

嘉城新苑。

于星衍拎着一袋食材，小心翼翼地用钥匙开了锁。

他蹑手蹑脚地走进客厅，和往常一样，这个点许原野应该在书房里写稿，客厅并没有人。

番茄炒鸡蛋、蒜蓉青菜、醋熘土豆丝……于星衍在脑海里不停地回忆着他打算做的这三道菜的菜谱，少量、适当，这种模棱

216

两可的词语在他的脑海里反复出现，等于星衍站在厨房的燃气灶前，他依然茫然无措，不知从何下手。

要不然再看一遍做菜的视频？

于星衍拿出手机，找到美食制作视频，却尴尬地发现里面并没有把准备步骤也录进去。

几个西红柿在水里翻腾起伏，于星衍认真地给它们搓了个澡，然后把西红柿放在砧板上，举起菜刀，心一横，咔咔几刀劈了下去。

于星衍预想中干脆利落地将西红柿切成几瓣的场景没有出现，用热水洗过的西红柿爆出了汁水，弄得他满手都是混着籽的红色汁液。

于星衍尴尬地把粘连的西红柿皮切断，小心翼翼地把不成形状的西红柿放在盘子里，转身要去打鸡蛋。

他仔细回忆着视频里的打蛋动作，把蛋放在碗沿边狠狠磕了一下，力度有些大，直接把壳磕进去了一块，掉进了蛋液里。

许原野听到声响走出来查看的时候，看见的就是于星衍举着碗认真挑鸡蛋壳的样子。

料理台前的于星衍专注得仿佛在做什么化学实验。

虽然有些讶异于星衍出现在厨房，但许原野却没出声，站在透明的厨房玻璃门外看着于星衍在里面一阵捣饬。

于星衍费了老大的劲，终于挑完了鸡蛋里的碎壳，他看着干干净净的蛋液松了口气，用筷子搅匀，把碗放在一旁，又去切土豆。

土豆要切成丝……

这对于星衍来说难度就更高了。

首先要刮皮。于星衍按着网上的步骤，开始四处搜寻刮皮器，最后在挂着漏勺的架子上找到了长相差不多的东西。

这玩意儿怎么用啊？于星衍尝试着用刮皮器在土豆上刮了一道，连皮带土豆刮了好大一块下来，于星衍吞了口口水，感觉自己要是多刮几次，这土豆估计得成甘蔗。

太苦恼了。

于星衍专心致志地刮着土豆皮，而许原野隔着玻璃门看他，嘴角不自觉地附上了一丝笑意。

穿着校服的男生神情专注，长而翘的睫毛微微垂下，脸上的表情有些苦哈哈的，腮帮子鼓起来，像只藏了很多食物的小松鼠。

等到于星衍把土豆刮干净，原来有半个多巴掌大的土豆也变成了拳头大小的一块。

那不还得再刮一个！

于星衍崩溃地拿着土豆，只觉得天打雷劈。

不管了，先切了再说！

于星衍把菜刀拿起，一只手摁住土豆就想下刀。

许原野看见于星衍放在土豆上伸展的手指，目光一暗。

乱来的糟心小孩。

他迅速推开玻璃门，几步走到于星衍身后，握住了他要下刀的右手。

"把手指伸得那么长，切土豆还是切自己呢？"许原野的声音无奈又关切。

于星衍的手里的刀被许原野轻巧地抽走，男生有些僵住，不敢回头。

许原野见于星衍僵住，看见小孩因为被抓包而尴尬，他拿着刀，耐心地问道："切丝还是切片？"

"切丝。"他小声回答道。

许原野淡淡地"嗯"了一声，那双骨节分明的大手摁住土豆，三下五除二就把那块困扰于星衍的土豆切成了细细的丝状。

于星衍的目光只能看见他在砧板上扬起又落下的手。

线条流畅有力的手腕、修长的手指、修整得干净齐整的指甲……

这样一双在键盘上打出令人着迷的文字的手，握着刀的时候，好像也拥有同样的魅力。

刀被重新递回于星衍的手上。

于星衍低着头，接过刀，许原野已经直起身子，站到了他的旁边。

耳畔，男人正在耐心地教导他怎样用刀，手要怎样摆……声音低沉又温柔。

可是于星衍却统统都听不进去。

不知道为什么，他觉得自己很卑鄙。

明明是不擅长做的事，却偏偏要挑许原野在家的时候做给他看。

于星衍知道，自己是在作秀。

许原野恭喜他，为他献一束花，不求他的回报。

他为许原野下厨，给他做一顿饭，却想要许原野的回报。

于星衍最近总是做一个奇怪的梦。

梦里，他站在熙熙攘攘的人群中，和所有人一起仰望着一处高台。高台被白色的光所笼罩着，上面的景象看不真切。

他想要往前走，但是却被人群堵住，只能被迫站在原地。白光刺眼，他盯着久了，眼睛便难受酸涩得想要流泪，而就在他泪眼模糊的时候，那高台上便出现了一个人影。

他张嘴想要叫出那个人的名字，却发不出一点声音。

下坠……

从那斑驳迷离的梦里下坠，风声从耳边刮过，他好像断了翅膀的鸟，疼痛难忍，鲜血淋漓。

最后，他落入一个温暖的怀抱中，抱着他的臂弯坚实有力，他挣扎着睁开眼，想要去看这个人的面容……

"醒醒，衍哥！上课了！"

叶铮的声音突然出现在耳畔，教室内语文课代表正在领读，打响的上课预备铃混杂着电流声。

于星衍迟缓地抬起头，一边手臂已经被压麻了，他呆滞地看着黑板缓了会儿神，才意识到课间已经过去了。

十一月出头，天气微凉。嘉城没有暖气，到了转凉的时候，教室的门窗便会关起，教室里空气不流通，很闷。

于星衍抽出语文书放在桌面上，揉了揉发麻的手腕，再想去回忆自己刚刚做的梦，却发现只能回想起一些支离破碎的画面。

于星衍使劲吸了口气，只觉得脑子更浑浊了。

叶铮看他这样，有些担心地问道："衍哥，你怎么了，我看你这段时间都没什么精神，不会是生病了吧？"

于星衍抿了抿嘴角，"没有生病。"

这节语文课又是讲古文，于星衍呆呆地坐在座位上听着老师讲通假字和各种句式，知识却没有往脑子里去。

第三节课下课，学生们挤挤攘攘地下楼去操场做课间操。

王小川和叶铮一左一右走在于星衍身边，王小川正在刷微博，一边刷一边笑。

"衍哥，你真不开一个微博？现在还是微博有趣一点，我们班好多人都玩微博呢！"

于星衍不是一个喜欢发动态记录生活的人，他摇摇头，拒绝了王小川。

王小川却不知道刷到了什么，说道："一姐转了一个以前新年音乐晚会的视频！"

于星衍兴致缺缺，低头走路。

王小川一边看着视频，一边在他耳边播报。

"这是六年前的六中啊，那个时候六中的新年音乐晚会就搞得这么大了啊？"

"哇……天啊，这个小提琴首席长得好帅啊，还有点眼熟！"

叶铮凑过去看了一眼，认同道："确实有点眼熟，王小川，你发给我看看。"

"那我把视频分享到群里了啊，衍哥，转发的就是一姐，你要是开微博记得关注她！"

上午的插曲并没有在于星衍的心里留下太多痕迹。

吃过午饭，于星衍坐在社团的沙发上偷懒。

崔依依不在，中午来社团的人也就少了许多，王小川和叶铮回宿舍睡觉了，于星衍一个人在社团活动室里躲清静。

于星衍无聊地翻了翻朋友圈，点进他们三个人的小群，看见了王小川分享的视频。

顺手点开。

画面跳转到微博的分享界面，原微博写道："无论过了多少年，我还是最怀念高一的新年音乐晚会。后来的每一年，我都会回六中看看新年音乐晚会，但是再也没有当时给我的触动了。"

这本来只是一个六中校友分享的普通微博，没什么人关注，但是因为崔依依的转发，带起了一小波热度。

于星衍没仔细看，他点击播放视频，想看看六年前六中的音乐晚会是怎么样的。

六年前拍摄的画质并不算好，这个视频显然是学生自己拍的，声音嘈杂，画质也很模糊。那时候六中的大礼堂还没有翻新，大型表演都是在操场搭建的舞台上。

这个视频画质虽然糊，但是位置却不错，把舞台拍得挺清楚的，也没什么遮挡。

于星衍看着舞台灯光亮起，呈圆弧排列的六中管弦乐团坐在座位上，乐团指挥是一个女老师，现在也还在六中任职。

乐团演奏的是《加勒比海盗》，也算是六中管弦乐团的保留曲目了，于星衍这个初中是外校的人都听说过六中管弦乐团的厉害。

一开始视频拍的是全景，于星衍欣赏着演奏，觉得氛围虽好，但是也没有感受到博主说的触动。

直到高潮来临，拍摄视频的人突然给了指挥左手边的小提琴首席一个近景。

画面被拉得很近，把穿着黑色西装微垂眼眸拉琴的男生的脸框在里面，一瞬间，于星衍不敢置信地瞪圆了眼睛。

实在是过于熟悉的一张脸了。

虽然比起现在来说，视频里男生显得青涩稚嫩许多，但是身上的气质已经初露锋芒。拉着小提琴的男生看起来俊朗沉稳，那震慑人的帅气完完全全地展现在了观众的面前。

于星衍把画面跳转到微博，点开了下面的评论。

兔子：天啊！四十秒出现的那个男生也太帅了吧！我知道你为什么怀念那一年了！

风轻轻回复兔子：是啊，那时候他是我们很多女生的青春。

视频不知道什么时候已经播放完毕，自动跳转到了下一个无关的推广视频里，于星衍脑袋嗡嗡作响，他又把视频拉回去，重新看起了这段管弦乐表演。

一遍又一遍，得到了拍摄者青睐的脸庞出现在于星衍的视线里。

是许原野。

于星衍不知道看了多少遍以后，终于敢下结论了。

穿着西装的少年看起来优雅又俊秀，身板不像现在这样挺拔，但是已经有了白杨般的气质。那双骨节分明的手拉着弓，侧脸帅气又锋利，看起来就像高高在上的神祇，漫不经心，又高贵淡然。

于星衍找到下载的按钮，把视频保存到自己的手机里。

然后他又去看微博底下的评论。

过了一会儿，转发评论这条微博的人又变多了。

有人在吃瓜：里面的男生叫什么名字，有微博吗？

风轻轻回复有人在吃瓜：发这个视频只是想怀念一下过去，不想打扰到他。

不想做作业：这么耀眼的男生，那个时候肯定很多女生关注吧。

风轻轻回复不想做作业：并不是，那时候根本没有人敢打扰他。他基本上在学校里不和人讲话。

于星衍拿着手机，坐在社团活动室里的沙发上，咬着嘴唇，发愣。

少年时的许原野，曾经也在这栋教学楼里上过课，和他一样在校道上走走停停，去食堂吃饭……

从博主回复的只言片语里，于星衍仿佛可以看见一个少年潇洒傲气的掠影，是那样的独来独往，不和人交流，同学们崇拜他，也不敢接近他。

六年的时光呼啸而过，现在的六中已经换了不知道多少批新生，那些属于许原野的过往，好像就这样被掩埋了。

他现在才发现，原来他和自己居然是同一所高中的。

于星衍突然又想起了许原景的名字。

这会是巧合吗？在同一所高中上学，都那么优秀……

于星衍神使鬼差地点开了崔依依的微信聊天框，发了条消息过去。

YXY：依依姐，我想问你一件事。

一一：什么事？尽管问。

YXY：许原景学长有哥哥吗？

一一：哥哥？好像是没有吧。之前高一入学的时候，因为他的名字和一个学长很像，还被老师调侃过，他自己否认了。

YXY：好的，谢谢学姐。

过了一会儿，于星衍抿了抿嘴，又忍不住把管弦乐演奏的视频发了过去。

YXY：依依姐，你说的名字很像的学长是视频里的那个小提琴首席吗？

一一：嘿，小星星，你也看我微博呀。

一一：是他没错，我记得好像是叫许原野来着，大我们四届呢，那个时候可出名了。

一一：不过在他考到北城大学以后好像就没听过他的消息了，之前贴吧还有空间关于他的东西也被删掉了，挺神秘的一个人。

一一：许原景要是他弟弟，怎么可能不吹嘘啊，我要是有这么个哥哥那我不横着走？

16

"哟，野神来了，见你一面可真是不容易。"

厉从行审完稿子，端着水走到别墅二楼的办公室，一眼就看见了坐在沙发上正在看书的许原野。

厉从行三十岁出头的年纪，按着年龄来算，比许原野大了八岁，但是他们相处起来倒没有什么代沟。

他和许原野是在网络上认识的，那时候他们都混一个比较小众的文学论坛，后来一起创建了"无名火种"这个公众号，从线上工作室到线下，从网络好友到现实好友，也算是难得的交情了。

许原野抬起头看了厉从行一眼，闻到了他身上那股香水味。

"换香水了，有情况啊？"

厉从行闷笑道："怎么，三十岁还不许我开个花啊。"

许原野翻过一页纸，附和道："挺好，事业爱情双得意，人生赢家。"

厉从行在经营工作室之前是某公司高管，也是因为他"无名火种"才能从一个纯个人分享的公众号变成现在商业化的新媒体公司。

用厉从行的话来说，钱也赚了一点，是时候为梦想拼搏一把了。

"要说人生赢家，我可比不上你。"厉从行曾经也是许原野的书迷，在知道和自己一起写文章的那位野神就是在野的时候，也是狠狠惊掉了下巴。

毕竟那时候许原野大学都还没毕业，能有那样的名气，着实是挺厉害的了。

再后来，他知道许原野就是许家大少爷的时候，都有些麻木了。

好像什么匪夷所思的事情发生在自己这个朋友身上都不太奇怪。

"合同你看过了吧？"厉从行问，"下个月我们就搬到写字楼里去了，你这别墅怎么办，就空着？"

许原野抬起下巴点了点桌上的合同，"看过了，没什么问题，我已经签好了。"

"无名火种"在厉从行手上运行了两年，正式注册了公司，从简单的公众号运营变成了现在多平台同时运营的新媒体公司，厉从行也费了不少力气。

许原野作为创始人之一，自觉自己后期也没贡献多大力量，现在公司里的人都不太认识他，只有早期的几位编辑知道有"野神"这么一号人物。

他不过是提供了办公的地方，然后入股帮了厉从行一把。

但对于厉从行来说，许原野既是朋友又是金主，偏偏还这么年轻帅气，每次看见这个悠然自得的男人，他心里都会暗道上天不公。

要换地方办公，是厉从行一直都有的计划，只不过因为资金等问题一直没能实现。他既然要把公司往大做，就不可能窝在别墅里当一个草台班子工作室，还是去写字楼比较方便。

何况也不能一直占许原野的便宜。

许原野对这些倒是没什么所谓，反正他在嘉城新苑住得好好的，九湖湾这套别墅他还不乐意来住，免得遇见许蒋山，把人气到重症监护室去。

男人盘算着等厉从行他们搬走，他就把别墅租出去。

"走吧，野神，请你吃饭去。"厉从行捞起凳子上的西装外套，对许原野招呼道，"楼下的小朋友们要不要去见一见？"

许原野不想给自己找麻烦，拒绝道："不用了，反正我也不常来。"

嘉城好餐馆实在是很多，厉从行知道许原野唯独对吃这一方面上点心，特意带着他来了嘉城最近新开的一家私厨。

和隐厨那种老南川风格不同，这家私厨走的是现代风，设计精简高级，坐在里面吃饭轻飘飘的，没什么烟火气。

许原野用餐时不紧不慢，姿态优雅，一看就是从小培养出来的风度。

两个人吃了一会儿便开始闲聊，想起上次打电话时许原野提到的室友，厉从行突然起了点好奇心。

"野神，租你房子的那个小朋友是怎么回事？"

许原野抿了口红酒，听到厉从行提起于星衍，眼里带了点笑意。

"六中的高一生，挺可爱一小孩。"

"和小孩相处不觉得有代沟啊？"

许原野想起上次于星衍被他气哭的事情，语气不自觉有些无奈。

"偶尔是有点搞不懂小孩子脑子里在想什么，情绪来得快去得快，上次知道我是在野，给气哭了，现在又好好的。"

"小孩子都是这样，我侄子也是这个性子，风风火火的。"厉从行十分理解。

"不过这样也挺好的，看着他感觉自己也年轻了一点。"许原野又道，"而且心思单纯，什么都写在脸上。"

三十岁的厉从行被许原野一箭射穿了膝盖，他一口老血闷在心里。

"现在的小孩也没你想得那么单纯，各个都懂事早，你还是打探清楚背景比较好。"

"他舅舅是周叶。"许原野听他提起背景，随口说道。

厉从行挑了挑眉，"丰申传媒的那位小周总？"

"是。上次他不知道从哪里打听到我是许家人，还特意找我吃了顿饭。"

厉从行意味深长地谑笑了一声，调侃道："怕你虐待未成年人吧！"

厉从行的阴阳怪气许原野也懒得反驳，欣欣然听着他的调侃。

许原野难得出来一趟，赴完厉从行的饭局以后又被李颐几个

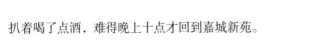

扒着喝了点酒，难得晚上十点才回到嘉城新苑。

许原野在写小说没有思路的那段时间里，抽烟喝酒其实都挺凶，虽然他现在恢复了养生状态，但是酒量依旧不错。

晚风吹在脸上，凉意微拂，许原野感觉后劲上来了，把衬衫扣子又解开一个，蹭些凉意。

电梯到了五楼，许原野走出去，用钥匙打开了大门。

客厅灯光昏黄，浴室亮着灯，显然是有人在里面洗澡。好像是知道许原野不在，里面欢快的歌声还挺放肆的。

许原野好笑地摇了摇头，把鞋换下，穿着棉拖走到阳台。

时间过得挺快的，春去秋来，很快又是一年了。

许原野想了想大学毕业以后发生的这些事情，目光微暗。

九月份还看见大学室友在朋友圈里哭号自己被压榨得有多惨，一个月工资又是多么可怜，现在却已经没声了。被社会磋磨的学生们也慢慢地没了棱角，融入这汪洋大海里。

许原野脑海中一边想着情节，一边飞快地掠过一些不相干的东西，连浴室中的水声什么时候停止的都没发现。

他听见阳台门拉响的声音，回头去看的时候，看见的就是举着小裤衩僵在那的于星衍。

于星衍头上罩着一匹大浴巾，遮住了他大半张脸，害怕浴巾滑落，于星衍看路的角度都很清奇，斜歪着身子一只手举着裤衩，一只手去开阳台门。

开到半路，看见了穿着黑衬衫黑裤子几乎和黑夜融为一体的许原野，整个人都愣住了。

许原野看了眼姿势别扭的于星衍，无奈地摇了摇头。

他走上前，把于星衍头上的浴巾取了下来。

男生的头发湿漉漉的，被一阵乱擦过后，四处翘起。

许原野一只手臂弯挂着于星衍的毛巾，他看着于星衍的脸充血变红，这才意识到原来于星衍是来挂短裤的。

"怎么还害羞上了？挂你的，当我不存在。"

于星衍闻言手忙脚乱地把晾衣绳摇了下来，把洗好的短裤挂了上去。

他转身要走，又回头去看许原野手里拿的浴巾。

"原野哥，浴，浴巾。"

许原野叹了口气，前倾身子，把浴巾蒙在了于星衍的头上，然后隔着浴巾揉了揉于星衍的头。

"于星衍小朋友，这么久了还这么害怕我，这让我很挫败啊。"

浴巾下被盖得严严实实的于星衍感受到自己头发上大手揉搓的动作，咬着自己的唇珠，耳朵红得要滴血了。

洗个澡都能被抓包，这也太羞耻了！

夜色浓稠。

于星衍吹完头发走出浴室，许原野已经从阳台回到了客厅，

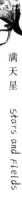

正坐在沙发上看手机。

男人身上的酒味淡淡的，飘到于星衍的鼻子边，于星衍走近几步，在沙发上坐了下来。

"原野哥，你喝酒了？"他小声问道。

许原野一边浏览着新闻，一边抬眸看向于星衍。

"是喝了一点，怎么，想喝酒？"许原野回答道。

于星衍赶紧摆手拒绝，"没有没有，我随便问问。"

许原野看着于星衍，只觉得小孩的心事都摆在脸上，那副犹豫踌躇的样子一看就是想问什么，却不敢问。

"有什么事要和我说？"他把手机按灭，放在茶几上，微微前倾身子，做出倾听的姿态。

于星衍纠结地绞着手指，沉默了几秒，才开口问道："原野哥，你高中是不是也在六中读的啊……"

还以为是什么事呢，原来是要问这个。

许原野双眸含笑看着他，说道："是啊，这样算起来，我们还是校友呢。"

于星衍得到许原野肯定的答案，嗫嚅了一下，心中埋得更深的疑问却不敢问出口了。

许原野今天喝了点酒，酒意上头，心情也不错，随口就和于星衍聊了起来。

"你不是好奇我为什么会漂移板吗？猜猜看，六中第一个玩漂

满天星

Stars and Fields

移板的人是谁。"

"是……原野哥?"男人语气中明晃晃的暗示于星衍听不出来就是傻子了。

许原野懒散地靠在沙发上"嗯"了一声。

"不过我那个时候可没有想着弄什么社团。"

于星衍难得听许原野话这么多,心里有点激动,他搜肠刮肚地接话茬,说道:"现在也不给弄漂移板社团,是我们一个学长弄了间活动室,我们平时在学校里也是和地下组织一样的!"

许原野嗤笑,问:"哪个学长?"

于星衍舔了舔嘴唇,小心翼翼地注视着许原野脸上的表情,道:"一个叫许原景的学长,和原野哥你的名字很像呢……"

许原野就知道是这小子,不过听于星衍的口气,并不知道许原景就是他弟弟。

这也正常,如果他是许原景,肯定不喜欢同学老师们总是念叨自己曾经在同一所学校上学的哥哥。

许原野善解人意地帮许原景圆谎道:"是挺像的,不知道这位学弟有没有我这么帅啊?"

于星衍没从许原野的脸上看出分毫的不自然。

他心里关于许原景和许原野的疑惑彻底打消了。

他绽开一个甜甜的笑,蹭到了许原野旁边,"原野哥,我看了你在新年音乐晚会上拉小提琴的视频,太厉害了吧!"

许原野听到这个,有些讶异地眨了眨眼。

六年前的视频都能被翻出来？

许原野低下头，看着蹭到他旁边的于星衍眼里闪着亮晶晶的光，纯粹、干净，还带了点崇拜。

就算是铁石心肠如许原野，都被这种炙热的目光熨帖得通体舒畅。

"好久没拉了，有机会拉给你听听。"他哄道。

果不其然，如他预料的那样，小孩松软蓬松的发丝开心地都跳跃了起来，于星衍像小鸡啄米般疯狂点着头，身上全是喜悦的气息。

"真的吗！我超喜欢的，谢谢原野哥！"

许原野看见于星衍笑得脸上肉鼓鼓的，男人的眼眸里三分笑意，三分纵容。

"我骗你干吗，小傻子。"

17

嘉城的天气变幻突然，入秋凉意刚过，暖气流又重新登场。十一月过了一个星期，温度重新攀爬到二十五度，嘉城六中的同学们只好再次换上了短袖短裤，班级里的空调也开始运转了起来。

于星衍的生日在十一月十二日，光棍节的后一天，非常好记。

往年这个时候，他应该已经在准备生日派对的事宜了，但是今年却不一样。

不提他离家出走，还把于豪强拉黑的事情，就说来了六中，班里的人至今没熟起来，搞生日派对也没什么意思。

比起搞生日派对，他更苦恼的是怎么让许原野知道他要过生日了。这次生日恰好在星期六，于星衍盘算着和许原野在家过，把王小川和叶铮还有周叶的邀请全部推掉，让他们送个祝福就可以了。

王小川听闻于星衍不想和他们出去玩，有点蔫儿吧唧的。

"衍哥，真的不去轰趴馆啊，我可是提前半个月就找好了地方。"

于星衍冷漠地拒绝他，"不去。"

"为什么啊！衍哥，你最近怎么这么无欲无求的样子！"王小川习惯了每年生日都热热闹闹的，被拒绝以后伤心极了。

叶铮掐了他一把，在他耳边小声说："你忘了前几次出去玩的事情了？"

两次都遇到周钺，这也让这两个人忧愁了一段日子。

在叶铮看来于星衍明显就是不想再遇到周钺。

王小川听叶铮这么说，倒是能够理解了，他只好唉声叹气地缩回了头。

上次期中考后，王小川如愿考进了前二十，选择了于星衍后

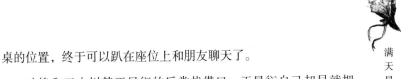

桌的位置，终于可以趴在座位上和朋友聊天了。

叶铮和王小川替于星衍的反常找借口，于星衍自己却早就把周钺抛到脑后了。

上课铃响，于星衍把手机收起来，整理心神，专心听课。

他打听过了，许原野在学校里成绩一直是第一名，从未跌下过神坛，最后以省文科前十考取了北城大学，虽然他已经是四年以前的神话了，但在六中老师的嘴里，依旧是得意骄傲的学生。

他也不能落后。

于星衍感觉自己踩在许原野曾经的脚印上，一步一步地往前走，那个人的背影站在道路尽头，巍峨高大。

下课后，崔依依发消息让他们去活动室，说是要给于星衍送生日礼物。

王小川和叶铮也给于星衍准备好了礼物，一起放在活动室里。

于星衍在王小川和叶铮的推搡下，他嘴边挂着笑，难得地在校园里露出了笑容。

看见最近一直精神恍惚的于星衍放晴了，王小川和叶铮暗地里松了一口气。

走到活动室门口，几人推开门，被洒了一身礼花。

崔依依还有几个乐队成员站在门后，手里拿着礼花筒，看着变成礼花人的三人，笑得放肆猖狂。

"我去，你买的是什么破礼花筒，这是生化武器吧！"崔依依笑骂道。

"我也不知道这个分量这么大啊!"另一个人尴尬地直挠脖子。

于星衍把脸颊上的礼花拨开,社团活动室不知道什么时候被改造一新,挂上了生日快乐的横幅,气球飘在空中,桌上还摆着蛋糕,看起来挺隆重的。

崔依依笑着把生日皇冠给于星衍戴上,道:"小星星,我提前给你过个生日!"

于星衍很喜欢崔依依,这种喜欢是对姐姐的喜欢。他朝崔依依笑弯了眼,点了点头。

"谢谢依依姐。"

崔依依弹了他一个脑瓜嘣,道:"谢什么,这是我们漂移板社的传统。"

大家热热闹闹地凑在一起,许愿、吃蛋糕……不知道是谁开了奶油大战的头,很快活动室里就乱作了一团。

于星衍作为寿星公,脸上也被抹了好几道奶油,崔依依还很恶趣味地在他鼻尖上点了一坨,让于星衍看起来像是偷吃了蛋糕的小猫。

活动结束,崔依依拿出拍立得,叫人给他们照相。

七八个人站在一起,你搂我我搂你,崔依依大大咧咧地搂住于星衍的肩膀,女生眉目英气漂亮,搂着的男孩清秀可爱,看起来倒真的很像一对姐弟。

崔依依不嫌费相纸,各种姿势动作拍了人头数量,一人分了一张。

于星衍把相纸小心放好，去厕所把脸洗干净，出来的时候看见了正在等他的崔依依。

崔依依走过来，脸上笑意残存，语气却很认真。

"星星，周钺没再骚扰你吧？"

于星衍怔愣了一下，摇了摇头，"依依姐，没有了。"

崔依依皱起眉，道："上次是我没照顾好你，你不要在意周钺，他就是太自我了。"

于星衍享受着崔依依的关心，心里暖洋洋的，他甚至觉得自己高中比之前更加幸运。不仅遇到了对他好的许原野，还遇到了对他好的崔依依。

回家之前，于星衍把他们的合照举起来，就着一片灿烂夕阳的天空拍了一张。

一分钟后，于星衍的朋友圈久违地出现了一条新的动态。

YXY：希望明年今天的夕阳和今天的一样漂亮。

下面，是他们的拍立得合照，被挖得七零八落的蛋糕放在中间，于星衍笑得眼睛弯弯，头上戴着生日皇冠。

很快，就有不少人点赞，陌生的也好，熟悉的也好，都在评论里附和着祝他生日快乐。

于星衍没有把生日昭告天下的习惯，所以大家并不知道他的生日其实是明天。

他回到教室，收拾完书包，直到走出校园，踏上返回嘉城新苑的路途时，评论里才出现了许原野的身影。

男人给他的朋友圈点了个赞，留了一条评论。

X-Y：生日快乐啊，小朋友。

于星衍看着那条评论，发出了一声无声的尖叫。

他踩上漂移板，迫不及待地想要回到嘉城新苑。

于星衍书包里装着朋友们送的礼物，闻着混杂着食物气息的晚风，脸上的笑意明亮。

因为他明天就十七岁了，而十七岁的于星衍会比十六岁的于星衍更好。

十一月十一号，是很多人生命中再寻常不过的一天。

这一天各大电商平台爆仓，又一年销量新纪录在这一天达成。人们各自在这一天里奔忙，时间的洪流滚滚而过，欢喜离愁照常发生。

有人出生、有人死亡，有无家可归在街头流浪的乞者，也有如同于星衍这般，迫不及待想要奔向万家灯火中的一盏的人。

六点，于星衍怀揣着激动和期待回到嘉城新苑，迎接他的是一桌色香味俱全的饭菜。

客厅的灯光是暖色的，吊着水晶挂坠的罩灯把屋子照得温馨又精致，桌上的饭菜冒着腾腾的热气，一切都那样让人安心。

于星衍扶着墙壁，把鞋子换下，探头往厨房看去。如同他想象中的那样，穿着围裙的许原野站在厨房的料理台旁，看见他，回头对他打了个招呼。

"小寿星回来了？"男人的声音低沉好听，于星衍控制着脸上

240

的表情，对他点了点头。

今天的饭菜好像比往日更加丰盛一些。

于星衍自觉地去洗手，坐到餐桌前，看着桌上那些他爱吃的菜，心里甜得仿佛被蜜糖浸过一般。

这种被人放在心上的感觉让他很开心。虽然他心里明白，对于许原野来说，可能记住他喜欢吃什么菜只不过是再微不足道的一件小事，但是于星衍依旧因为这点微小的在意而心潮澎湃。

他从未想过，他会这么依赖一个人。回想起两个多月以前，自己刚刚住进这间屋子的时候，他尚且还对这个室友有诸多埋怨，但是现在，他却无比感谢周叶能为他找到这样一个室友。

许原野端着最后一道菜出来，看见于星衍正坐在餐桌前发呆，不知道在想些什么。

许原野把菜放下，伸手在于星衍的耳边打了个响指。

于星衍被响指吓了一跳，惊慌失措地抬起头，眼里还有未遮掩好的喜悦，看着他的时候，黑白分明的双眸水润，脸上露出两个浅浅的笑窝。

许原野把围裙脱下挂在厨房门后，拖开于星衍对面的椅子坐下，"怎么不提前和我说你要过生日了？"

于星衍忍住心中的开心，强撑着自然的模样，对许原野解释道："其实明天才是我生日，只不过今天提前和同学们一起过而已。"

许原野何等的敏锐，一眼就看出了于星衍的不自然。

生日明明在星期六，本可以和同学们出去玩过生日，却要提前到上学的时间在学校里庆祝，许原野嚼了嚼其中的意味，总觉得于星衍肯定隐瞒了什么。

但是天大地大寿星最大，许原野没有深入探究，想让于星衍好好过完这个生日。

就着校园里的轶事，两个人吃了会儿饭，于星衍忽然抬起头来。

他的眼睛亮闪闪的，好像是依仗着马上过生日，说话的底气都足了几分。

"原野哥，我能喝点酒吗？"

许原野抓着筷子的手滞在空中一秒，许原野到底没说什么，他点了点头，起身去酒柜里拿了一瓶葡萄酒。

他说："马上就过生日了，开瓶好一点的酒庆祝一下。"

于星衍在家喝过红酒，说句实话，他不是很喜欢那种涩涩的味道，但是他的目的是要让自己看起来像喝醉了一样，所以只要是酒就可以。

嘉城新苑的酒柜和杯子都是原颜女士置办的，法国定制的高级货，高脚杯在灯光下反射出细碎粼粼的亮光，红酒入杯，液体晃荡。

许原野俯身把酒放在于星衍的面前。

小碎花的餐桌布上，高脚杯里波光荡漾，于星衍从酒杯的反射里看见了自己紧张的眼眸，他端起杯子抿了一口，醇厚的红酒

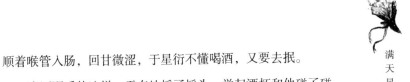

顺着喉管入肠，回甘微涩，于星衍不懂喝酒，又要去抿。

许原野看他这样，无奈地摇了摇头，举起酒杯和他碰了碰。

"祝于星衍小朋友十七岁生日快乐。"他说。

于星衍拿着酒杯，下意识地道谢，"谢谢原野哥。"

许原野提醒他，"慢慢喝，不要那么急。"

于星衍点头，乖巧地举着杯子，抬起头又是一口。

他喝得很急，很快那小半杯红酒都要见底了。

于星衍对自己的酒量不清楚，许原野可是清楚得很，这个小朋友到底几斤几两，喝一罐啤酒都能晕乎乎的人，这样喝红酒，不喝醉了才怪。

他伸手去制止于星衍喝酒的动作，手刚放到于星衍的酒杯上，男生便又凑近了，想要再喝一口。

于星衍不知道自己能晕得这么快，在他的计划里，本该是他借酒把明天邀请许原野和他出去玩的事情说出口，但是好像一切都朝着不可控制的方向发展了。

酒壮人胆不是虚言，于星衍舔了舔唇瓣，小舌头从喝了酒以后愈发红艳的双唇间探出，扫过一口小白牙，又缩了回去。

许原野坐在他对面，把于星衍探头探脑想要去拿酒瓶的动作制止住，开玩笑，这样喝完了一杯，还能让他再喝不成？

于星衍的少爷脾气一下子就上来了。

男生被制止以后愈发倔强，够不到酒瓶，便伸手去够许原野的酒杯。

许原野蹙着眉，男生修长皙白的手指扒着他的手臂，让他有些动弹不得。

　　酒杯被于星衍拿到手，于星衍此刻已经完全放纵了自己，他举起杯子就要往自己的嘴边送。

　　许原野把于星衍拿着酒杯的手腕握住，强硬地从于星衍手中夺走了杯子。

　　于星衍大脑昏沉难受，但是混沌的意识尚存，他知道自己在干些什么，也知道这样做好像过火了，但是他却不想抑制自己。

　　他四肢酸软，坐在地上，可怜巴巴地瞅着许原野。

　　许原野好久没有这么困扰过了。他的朋友们酒量都不错，就算是喝醉了也无须他善后，唯独这个小朋友，在他面前醉得这么坦荡迅速，叫他管也不是，不管也不是。

　　于星衍凑近揪着许原野的衣角凑近他，声音小小的，带了浓重的醉意，吐字模糊，更像是嘟囔。

　　"原野哥，我的生日礼物……"

　　喝成这样还不忘讨生日礼物，真是小孩子脾气。

　　许原野好笑地把自己的衣角从于星衍的手中抽开，于星衍却不依不饶地又拉了回去。

　　算了，许原野摇了摇头，也不管于星衍的小动作了。

　　他声音微哑，也像于星衍一样放低了声音，问道："我才知道你生日，怎么给你准备礼物？"

　　可惜讲道理对于现在的于星衍来说全然行不通，他拽着许原

野的衣角，坐在地板上不肯挪窝。

"那，那你就拉小提琴给我听！"语气还有点凶，说话的时候鼻子微微耸起，像是某种龇牙咧嘴的小动物。

许原野没想到上次哄于星衍的话他记得这么清楚。

他愣了愣，又失笑，"那你站起来，不许坐在地板上了。"

于星衍晃晃荡荡地站了起来，看起来头重脚轻，随时都要摔倒的样子。

许原野虚虚地扶着他，把他带到了阳台吹风。

"想听琴就站在这，不许动。"他命令道。

于星衍用力地点头，四指并拢放在额头边，做发誓状。

许原野回房间把琴盒打开，拿出小提琴和弓，走到阳台。

发誓过的于星衍果然乖乖地站在刚刚的位置上，小脸红扑扑的，阳台风有点大，把他的发丝吹起。

其实于星衍的酒意被风吹散了几分。他清醒的神智已经找回了些许，可是紧接着，于星衍的大脑瞬间被铺天盖地的激动和喜悦侵袭了，就算是清醒了些，于星衍也决定要把这个醉演到底。

于星衍为了看许原野拉小提琴，发挥了平生两百分的演技，憨憨地朝许原野傻笑。

许原野把小提琴架在下颌边，和平日里懒散漫不经心的样子不同，此刻的他面色沉稳了很多，背脊挺得笔直，好像就站在万人瞩目的舞台上一样。

"想听什么？"许原野问道。

问完以后，许原野才反应过来于星衍是喝醉了的，问了也是白问。

小提琴是他闲暇时解压的手段之一，虽然很久没有正式演出过了，但是私底下倒也没有中断过。

晚风沉醉，树叶簌簌作响，不远处的居民楼里也有人在练钢琴，楼下小孩喧闹嬉笑的声音不断，许原野唯一的观众目光灼灼，许原野对上他的目光，从里面看到了无法掩饰的期待和兴奋。

许原野意识到于星衍也许不像表现出来那么醉，在心里笑骂了一句小骗子。

他闭上眼，手臂抬起，把弓放在弦上，过了两秒，悠扬的乐声响起。

于星衍呆呆地看着站在他面前拉琴的许原野，小提琴音质很好，丰满、动听，随着风声往外飘，有一种轻盈又说不出的深情。

男人的五官在夜色下深邃英俊，轻阖的双眼笼在阴影里，锋利的下颌线和小提琴圆润的弧线形成了鲜明的对比。

时而低沉时而高昂的琴声如同倾泻的水流，而许原野站在他的面前，离得那样近，又那样远。

这首曲子好像黄昏时分的夕阳，又像月色下的湖泊，飞鸟来往于天空下，在湖面上轻点，瀑布撞击在石头上，水花四溅。云和夕阳相遇，飞鸟和湖泊相遇……可是它们的相遇都那样转瞬即逝。

他莫名的，感受到了一点悲伤。

心里的某一块被撬动了一下，酸软难忍。

他看着这样拉琴的许原野，仿佛注视着光。

于星衍心口被小石锤不停击打，他一时委屈，一时又茫然难过。

曲子不知道是什么时候结束的。

许原野放下琴，沉默地看向那个脸上沾满泪痕的小朋友。

他走近一步，指腹有薄茧的手轻轻掠过于星衍的脸颊。

"怎么还哭了？"

于星衍抬起头，忘记了自己要装醉，吐字清晰地问道："这首曲子叫什么？"

许原野手上沾着于星衍的眼泪，他比于星衍高了一头多，把于星衍脸上的怅惘和委屈全数收入了眼底。

"'Liebesleid'，中文译为《爱之悲》。"

突然，于星衍心头一瞬间涌上了无数慌乱失措。

然而许原野的眼神平静而包容。

于星衍听到他的声音，那样好听。

"于星衍，十七岁生日快乐。"

于星衍睡醒一觉，天蒙蒙亮。

他挣扎着从床上坐起来，捂了捂针扎般疼的后脑勺，于星衍"嘶"了一声，昨晚的记忆才慢慢回笼。

他昨夜里喝了酒又在阳台吹风，听完许原野拉小提琴，人便有些晕乎，许原野怕他生病，赶他去洗澡睡觉，生日的零点都没撑过去就在床上睡着了。

于星衍呆呆地在床上坐了一会儿，好像昨天晚上自己放纵过头了，竟然到最后忘记了收敛，演戏演到尾声演崩了。

慌乱和失措一下子全部涌上了于星衍的心头，到底是刚刚十七岁的小男生，揪着被子思来想去，不知道怎么办才好。

他打开手机看了一眼，朋友们祝他生日快乐的消息堆成了山，周叶昨晚也给他打了许多电话，红包里的数目可观，想来也有于豪强的一份在里面。

这才早上六点多，于星衍一一回复了消息，说自己昨晚睡得早。他把周叶转的钱收了，蹑手蹑脚地下了床，在房间里转了一圈，找到上次许原野给自己签名留字的那本书，翻开扉页，看着那句"好好吃饭，快点长大"又忍不住傻笑。

闭上眼，昨夜许原野在他面前拉小提琴的场景仿佛还在眼前，那悠扬的乐声隐隐飘散，于星衍把耳机插上，在音乐软件里找到了《爱之悲》，靠着枕头听着小提琴曲，竟然又睡着了。

再睁眼，天光大亮，已经是八点多。

按着许原野一贯的作息时间，现在应该已经起床了。

于星衍把耳机摘下，揉了揉有些酸痛的后颈，打开房门走了出去。

果不其然，许原野已经在厨房做早餐了。

他害怕许原野和他提起昨晚的事情，脚步急促地蹿去了洗手间刷牙洗脸，在心里想了许多借口，等着应付许原野探究的目光。

谁知道坐到餐桌前，许原野为他摆上一份吐司和煎鸡蛋，却一句话都没有多问他。

两个人安静地吃完了早餐。

于星衍昨天晚上灌自己酒，本来的目的是借着酒意邀请许原野今天和自己出去玩的，可惜昨天胆大妄为，直接说了更过分的要求，于星衍现在也不好开口再要求其他了，生日礼物都送过了，他也不知道还能用什么借口。

许原野看着啃完吐司，正襟危坐一副乖宝宝模样的于星衍，在心里叹了口气。

于星衍脸嫩，十七岁的年纪，看起来青葱水灵，许原野看着他，只觉得比许原景还要小上许多。更别提那时不时惹点麻烦，又娇气的性子，也没有一点成熟的模样。

纵使是以前许原景初中的时候，看起来都比于星衍做事稳重一些。

许原野想起昨晚于星衍眼里的依赖和仰慕，心里一会儿觉得受用，一会儿又觉得有些烦恼。

自己也没有这么招小孩吧？

他大学填志愿的时候也和许蒋山闹过一通——当然，是许蒋山单方面闹腾的，那时候许原景深夜跑过来找他，也是喝得醉醺醺的，红着一双眼睛，憋了半天不肯说话，最后抛下一句"哥，我支持你"，然后又火烧屁股地跑走了。

现在想起来，许原景那时候就算和他闹别扭，私底下也是把自己当成榜样学习的。

许原野看出了于星衍的小心思，在他眼里，这点小心思算不得什么。于星衍的家庭情况周叶和他也算是全盘托出了，缺少父爱母爱的小男孩嘴上不说，心里肯定还是希望有一个人能够崇拜能够依靠的，他只不过是在这个时候恰好出现，又照顾了他一点，不难理解。

有一个时常把哥哥放在嘴边的许原景珠玉在前，许原野对于星衍昨晚的撒娇和憧憬接受良好。

虽然许原野在心里分析了许多，但如果换作是一个亲戚家小霸王模样的浑不论，别说是拉小提琴了，估计连口饭都不会让人吃。

看着于星衍忐忑不安的样子，许原野敲了敲桌子，发出清脆的响声。

听见敲桌子的声音，于星衍吓了一跳。

他以为许原野要升堂审他了，一时之间脑海中闪过了无数种卷包袱走人的凄惨样子，下意识便摆出了一副苦兮兮的可怜样，嘴唇咬着，眼里满是不安。

许原野想，权当是白捡了个弟弟。虽然会惹麻烦，也娇气了点，但是也算是一种乐趣。

"今天你有什么安排？"

于星衍动了动唇，没想到许原野会这样温言细语。

他就像等着斩首的犯人突然被释放了，有点茫然，呆呆地回答道："没什么安排……"

许原野看了眼手机，脑海中过了几个地方，又问道："想去哪玩？"

于星衍真的蒙了。

他好像被大奖砸在了头上，喜悦的情绪都咂摸不出味道，只觉得不可置信。

许原野是个多宅的人他很清楚，平常在家里写稿子看书，没有正事不出门，现在却主动问他想去哪里玩？

他脑子里一片泥泞，一时之间也想不出其他地方，随便说了一个"游乐园"，说完以后才发现自己的答案好像有点太幼稚。

许原野却笑了。

男人狭长的眼笑起来眼尾便缱绻三分，平日里严肃斯文的面孔，这下也有了戏谑的样子。

"就知道你想去这种地方玩。"

于星衍眨了眨眼，感觉自己明明是长大了一岁，在许原野眼里却跟逆生长了一样。

他迷迷糊糊地整顿了一番，跟着许原野打了车，就往嘉城欢乐谷去了。

十七岁的生日这天，于星衍过得有些恍惚。

嘉城欢乐谷建在山上，又大又气派，不少邻市的人都会来嘉城欢乐谷玩。

今天是星期六，自然是少不了人，偌大的游乐园里每个项目都要排长龙，于星衍跟在许原野的身后，才知道自己原来之前还没有体会过真正的"好"是怎么样。

许原野之前照顾他，可能只是顺手的一两分，如今认真了，便把于星衍哄得一整天都不知道自己是谁。

男人看起来对什么都不上心，在生活里也没有多么优待自己，但是照顾起人来，那叫一个滴水不漏。一边说着自己穷，一边阔绰地买了两张快速通行证，别人眼巴巴排队的时候，于星衍被许原野领着轻松地玩乐。

游乐园里那些爆米花、棉花糖、周边玩具，买起来也是毫不手软，逛了没多久，于星衍头上便多了一对毛茸茸的猫耳朵，看起来可爱又俏皮。

许原野从没在许原景那小子身上试验过这种东西，倒是于星衍满足了一把他的恶趣味。

两人在游乐园逛了一整天，坐了过山车，闯了鬼屋，于星衍到底是少年心性，玩了一整天，心头压着的担子也都没了。

夜幕降临，嘉城欢乐谷里霓虹灯炫目，七点钟烟花秀开始，许多人已经开始找合适的位置看烟花了。

许原野来之前看了攻略，早早就带着于星衍来到了旋转木马前。

两层高的旋转木马精致得像童话里描述的那般，转动起来灯光闪烁，恍如彩带般的光束四散，欢快的音乐烘托着氛围，到处都是牵手拥抱的小情侣，许原野和于星衍站在旋转木马前，倒是有些显眼。

于星衍玩了一整天，出了一身汗，发丝粘在额头边，若换作别人，肯定显得狼狈，但是这样子的于星衍也还是好看的。璀璨的灯光下，于星衍的眼里全是笑意。

许原野在小摊上买了一个双球的冰激凌，递给热得直扇风的于星衍，于星衍接过，开心地朝许原野笑。

许原野这也是头一回带小孩出来玩，自觉非常成功，身上的疲惫仿佛都被这个笑融化了。

他脑海中又涌现出了些情节，感觉那个因为于星衍而诞生的角色可以再丰富一些、戏份再重一些。

过了一会儿，旋转木马周围的游人越来越多，好位置都被提前占了，于星衍和许原野站在最前面，旋转木马前没有遮挡，能把山上干净的天幕看得清清楚楚。

晚上七点，钟声响起，欢乐谷古堡的塔尖上绽开了第一朵烟花。

灿烂的花火在天际接连炸开，色彩斑斓，瑰丽魄人，喧嚣声众，游乐园里的音乐也换成了应和烟花的协奏曲，游人们仰起头看着天际璀璨怒放的火花，纷纷拍照录像留念。

于星衍的脑袋被这或紫或蓝、变幻的烟火光色照得明明暗暗，许原野也许久未出来放松了，现在站在游乐园里感受着热闹的氛围，一时之间也觉得轻松许多。

他双眸含笑看着于星衍，于星衍正在仰头看烟花，侧脸也雕琢得恰到好处，卷翘的睫毛让他看起来像个洋娃娃，那睫毛上盛着烟花的余烬的星点，就像落着光。

好像是感受到有人在看自己，于星衍转过了头。

许原野看见于星衍笑起来，弯弯的眼睛像两座桥，两个小笑窝里光华流转。

于星衍举着冰激凌，笑得那样灿烂，"原野哥，这是我过得最开心的一个生日。"

顿了两秒，于星衍又垂下眼眸，道："原野哥，我要是以后有难过的事情，能找你吗？"

许原野点头道："当然。"

听到许原野的话，于星衍又笑了起来。

火树银花不夜天，灯光绚烂，花火点点。

番

外

离家出走

酷暑蝉鸣，日头毒辣得让人发慌。

就算是站在嘉城新苑小区里浓密的树荫底下，依旧躲不开嘉城夏日那无处不在的闷热。

于阳悦背着自己装不了几本书的潮牌书包，汗珠从十几岁少年秀气的脸蛋上滑落，身上的那件白色纯棉短袖因为被汗水濡湿而紧紧地贴在他的背脊上。

这是于阳悦头一回离家出走，除了摆狠话的架势摆得熟练，其他流程都十分生疏。比如说提前查看自己的钱包里还有多少存粮，又比如说计划好出门的时候该带多少衣服，才能支撑他不在短时间内灰溜溜地打道回府。

手机在炎热的天气里就像一块烫手的砖石，掉电掉得飞快，于阳悦也不敢随便拿出来打游戏了，就怕一会儿还没等到人，手机就没电了。

于阳悦盯着那群辛辛苦苦在砖缝里搬东西的蚂蚁，感觉自己已经热得快要升天了，头一次认识到未成年人在社会上行走的困难的他，甚至开始考虑要不要纡尊降贵向自己的小弟开口求助，虽然这种行为会抹黑他一向高大伟岸的形象。

就在于阳悦百无聊赖地把蚂蚁要搬的面包屑踢开的时候，耳畔终于响起了可以说是救赎般的天籁之音。

"于阳悦。"男人叫他的声音里带了点无奈。

于阳悦立刻换上一副委屈巴巴的表情，等他抬起头，平时在同学之间威风八面的于家少爷一撇嘴，抽了抽鼻子，小声朝身前那个穿着正装的男人说道："哥……"

干净整洁的客厅内，冷气逐渐蔓延开来。

出了一身汗的于阳悦洗了个澡，穿着哥哥的旧短袖推开卫生间的门。

于星衍把一杯纯净水放在客厅的茶几上，看了眼被毛巾遮住了大半张脸小心翼翼蹭过来的于阳悦，没好气地说："出息了啊，都学会离家出走了。"

于阳悦是个典型的窝里横，虽然刚被社会小小毒打了一番，但只要回到熟悉的人身边，一下子就又有了底气，听见自家哥哥的嘲讽，他讨好地朝于星衍笑了笑，说道："这不是继承我们老于家的优良传统吗。"

他的语气里全是对自己哥哥曾经的光辉事迹的赞叹，完全没有觉得自己做错了。

于星衍被自己这个倒霉弟弟的话噎得难受，他一想到自己差不多岁数的时候也干过这种傻事，就有点不好意思开口教训这个小兔崽子。

看了眼时间，于星衍也懒得去问于阳悦为什么要离家出走，用脚指头想都知道多半是些鸡毛蒜皮、不值一提的少年心事，他半点不客气地说："就留你住一晚，明天就给我滚回家去。"

"哥……"听见于星衍要赶人，于阳悦眨着眼朝他装可怜，于星衍却不吃他这一套。

"收拾一下，带你出去吃饭。"于星衍端起杯子喝了口水，想起某人的请求，在心里长长地叹了口气。

真倒霉，怎么小孩还凑一堆来呢，自己活像个开幼儿园的。

于阳悦听见哥哥要带自己去吃饭，便想当然地觉得最低也该是个高级西餐厅，结果被于星衍领到了附近的一家快餐店门口，他嘴角抽搐，脚步踟蹰。

咋回事，他哥的公司破产了吗？

于星衍根本没注意到阳悦变幻莫测的表情，推开门走进去，于阳悦一个蹭饭的人只能硬着头皮跟上。

快餐店里靠近儿童玩耍设施的角落里，坐着一大一小两个身影。

戴着眼镜的英俊男人正满脸温柔笑意地陪旁边漂亮得像个洋娃娃一般的小女孩玩海绵宝宝大战派大星的幼稚游戏，小女孩时不时抬起头和他说些什么，都得到了极其耐心细致的回应。

英俊男人似乎是察觉到有人过来，转头看向于星衍，小女孩的视线也看了过来，一双好看的杏仁眼里满是亮晶晶的光芒。

于阳悦看着这一幕，悄悄咽了口口水。

难道不是公司要破产了，而是他哥偷偷生了个娃？

小女孩下一秒便跑了过来，扯着于星衍的衣角开心地喊道："于叔叔，好久不见，我好想你啊！"

呼……幸好不是他哥的小孩，于阳悦在心里庆幸地松了口气。

于星衍蹲下身，一把抱起了这个到哪儿都是小甜饼的女孩，只感觉于阳悦带来的晦气都消失得一干二净。

小女孩趴在于星衍的肩头，那双眸子看向他身后的半大少年，眼神里有好奇，也有打探。过了好几秒，才伸出自己藕节一般的小手，对少年说："你好，我叫蒋铃铛，铃儿响叮当的铃铛，今年六岁了。"

于阳悦摸了摸鼻子，虽然心里有点不情愿和这么个小鬼头正儿八经地互换姓名，但还是礼貌地握住蒋铃铛的小手，拖长音调说道："我叫于阳悦。"

听见自己弟弟老大不愿意的口气，于星衍一脚踩了过去，在于阳悦的新球鞋上留下半个脚印。

于阳悦吃痛地龇了龇牙，终于会好好说话了，"太阳的阳，愉悦的悦，今年十四岁。"

于阳悦看着眼前的小女孩被他的表情逗得双眼弯弯，感觉自己现在一定充满了傻气。

于阳悦走到餐桌前，这次不用于星衍提醒就已经挺直背脊，毕恭毕敬地朝坐着的男人道："原野哥。"

比起自己的亲哥哥，对于阳悦来说显然哥哥的好朋友更有威慑力一点。

许原野轻轻朝他点了点头，然后便不再搭理他，专心地和蒋铃铛小朋友聊天。

于星衍早就不吃这些油腻且热量高的东西了，他对于阳悦说："自己扫码点。"

于阳悦总感觉事情和他想象中的样子差了十万八千里，不是带他出来吃饭吗，快餐也就算了，到最后还要他自己付钱？

到底是寄人篱下，于少爷心里犯嘀咕，嘴上还是不敢有意见，只能默默掏出手机自己点餐。

于阳悦正划拉屏幕呢，就听见小女孩的声音在耳畔响起。

"哥哥，我想再吃一对香辣鸡翅！"

于阳悦侧过头，看见不知道什么时候凑过来的蒋铃铛趴在他的旁边，盯着手机屏幕，一点没有要和他客气的意思。

"哥哥，你是于叔叔的弟弟，那我是不是应该也叫你叔叔啊？叫你于小叔叔好不好？"

"于小叔叔，因为你长得也挺好看的，所以我勉强同意你和我做朋友了。"

"于小叔叔，你怎么不说话啊，不会是因为我多吃了一对香辣鸡翅吧，你真小气！"

于阳悦生无可恋地嘬着可乐，旁边的小女孩正在一边慢条斯理地啃着鸡翅一边用超快的语速轰炸于阳悦的耳朵。

谁都知道，蒋家的铃铛小朋友什么都好，就是话太多了。

话多到自家爹妈都承受不住的地步。

蒋寒和崔侬侬这对矫情夫妻每个月都要抛下铃铛小朋友去过一段时间的二人世界，身边的朋友被他们拜托了个遍，最后发现还是丢给星衍和许原野两个合租的男人最放心。

一是因为许原野是所有人里最闲的；二是因为，许原野和蒋铃铛最投缘。

于星衍工作很忙，平时许原野带蒋铃铛的时候，他多半不在场，今天也是因为于阳悦这个倒霉蛋离家出走，他才抽空来陪这一大两小吃顿饭。

于星衍揉了揉胃，微微蹙眉。

许原野察觉到于星衍的动作，轻声问道："饿了？"

于星衍点了点头。

"这附近有家药膳不错，我带你去吃吧。"许原野瞥了一眼桌子对面吭哧吭哧吃东西的两个小孩，毫无心理负担地说道。

"他们怎么办？"于星衍扯了扯嘴角，"丢这？"

"丢这。"许原野扶了扶自己的眼镜，语气里带着笑意。

他主动站起身，和蒋铃铛小朋友默契地交换了一个眼神，就带着于星衍悄悄溜走了。

过了不知道多久，把最后一根薯条也吃完的蒋铃铛拿起纸巾

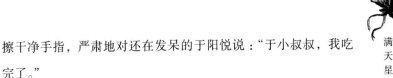

擦干净手指，严肃地对还在发呆的于阳悦说："于小叔叔，我吃完了。"

"于小叔叔……你有没有发现，于叔叔和许叔叔好像不见了啊。"

神游天外的于阳悦啃完汉堡的最后一口，费劲地从蒋铃铛的一大堆废话里分析出了关键信息。

于阳悦抬起头眨了眨眼，发现对面的座位确实已经空无一人。

不是吧！

于阳悦赶紧抓起手机点亮屏幕，"轰炸"自己的哥哥。

你阳神：哥！你人呢！人呢！

雅致的包间里，于星衍不紧不慢地回复自己弟弟姗姗来迟的质问消息。

衍：学你，离家出走了。

衍：照顾好蒋铃铛。

于阳悦不可置信地看着手机屏幕上转账一千元的信息，舔了舔嘴唇，手指颤颤巍巍地放在转账页面上。

他，六中的学霸，小弟无数的阳神，好不容易下定决心拉下脸皮投奔一次哥哥，就这样被打发了？

还是被一千块钱打发了！

"哇！一千块钱！"蒋铃铛羡慕地喊道，"于小叔叔快收钱啊，等下我们可以去买娃娃了！"

小姑娘古灵精怪，显然已经打算把这一千块钱当成自己和身边这位新叔叔的共有物。

包间里，看着转账被接收的提醒，在公司里不苟言笑的冷面阎王于星衍对着手机乐不可支地笑着，就差没把"幸灾乐祸"四个字写在脸上了。

许原野看着于星衍已经不知道多久没有过的笑容，也跟着笑得眯起了眼。

玻璃窗外，是无边温柔的夕阳晚霞。

坐在他身旁的他，已经不再少年，却是他心里永远的少年。